이제는 당당히
말하며 살기로 했다

이제는 당당히
말하여 살기로 했다

© 이소나 이옥제, 2021

초판 1쇄 발행 2021년 6월 1일

지은이   이소나 이옥제
펴낸이   이기봉
편집   좋은땅 편집팀
펴낸곳   도서출판 좋은땅
주소   서울 마포구 성지길 25 보광빌딩 2층
전화   02)374-8616~7
팩스   02)374-8614
이메일   gworldbook@naver.com
홈페이지   www.g-world.co.kr

ISBN   979-11-6649-696-7 (03810)

이소나 · 이옥제 지음

이제는 당당히
말하며 살기로 했다

평범한 듯 평범하지 않은 것들에 대한 보고서

그저 올바른 인권, 제대로 된 인권을 알게 될 수 있으면 족하다 했던
궁금러의 시절부터 어느덧 장애인권강사라는 이름으로
활발히 현장을 누비게 된 지금까지도.

좋은땅

평범한 듯 평범하지
않은 것들에 대한 보고서

"우리는 그러지 말자."

"뭐가 됐든 내가 먼저 알고 있는 것을 내보일 때, 누구에게든 가르치듯이, 공격하듯이 알리려고 하진 말자."

그저 올바른 인권, 제대로 된 인권을 알게 될 수 있으면 족하다 했던 프로 궁금러의 시절부터 어느덧 장애인권강사라는 이름으로 활발히 현장을 누비게 된 지금까지도. 행여 잊을세라, 놓칠세라. 스스로에게 그리고 서로에게 끊임없이 되뇌이며 다독이는 우리 둘의 다짐입니다. 이는 '모르니까 어쩔 수 없고, 모르니까 배운다.' 했던 그동안의 여러 배움 자리에서 모르는 게 독이 되어 무참히 받아 내야 했던 화살촉에 의한 상처들이 우리 안에 아직 온전히 치유되지 못한 이유일테죠.

그래서일까요. 글을 쓰는 이 순간에도, '혹시…?'

글을 읽는 누군가는 우리가 미처 발견하지 못하고 알아채지 못한 잘못된 지점들을 짚어 내며 호된 질책을 할 것에 대한 섣부른 두려움이 살짝 깊어지기도 합니다.

하지만,

왜 둘인지.

왜 둘이서 이 일을 하게 됐는지.

왜 둘이서 이 일을 하고 있는지.

오랜 시간 동안 숨어 있던 수많은 사람들의 궁금증에 조금이라도 답을 내어 드리고자, 무엇보다 지금보다 조금 더 먼 훗날에는 혹여 우리 두 사람조차 지금의 우리 둘을 잊게 되진 않을까 문득문득 찾아 드는 염려심에. 부끄러움 속 용기를 감싸 한 권의 책으로 두 사람의 이야기를 모았습니다.

인권을 말하는 두 사람이 써 내려간 글이지만 인권을 가르치려는 글도, 알리려는 글도 아닙니다. 그저 평범한 듯 평범하지 않은,

그렇지만 또 평범한 삶의 이야기라는 것을 알아주시기를 바라는 마음입니다. 문학을 전공한 사람도, 전문적인 글을 쓰는 사람도 아닌 그냥 보통의 두 사람이 써 내려간 글이라는 것을 헤아려 주시기를 바라는 마음입니다. 그렇기에 때로 보일 수 있는 단어적 오류나, 혹 미처 확장되지 못한 생각의 영역에도 그저 그런 투박한 사람들의 투박한 삶의 모습이라 생각하고 가벼이 즐겨 주시면 참 좋겠습니다.

　끝으로,

　"건강 챙기세요."

　굳이 많은 말씀을 하시진 않아도 늘 든든한 기도의 후원을 아끼지 않으시는 최봉환 담임목사님.

　함께한 시간만큼 함께 나눈 많은 말들로, 또 아낌없는 도움으로. 우리 두 사람의 든든한 응원군이 되어 주시기를 자처하셨던 이재석 목사님.

　조금은 특이하고 조금은 이상하게 보일 법한 우리 두 사람의 행보에도 늘 "그래요~" 오케이맨이 되어 보내 주시던 신뢰로 장애인권강사로서의 첫 출발을 함께해 주셨던 '은평늘봄장애인자립생활센터'의 이종욱 국장님.

"어휴~ 두 분은 뭐~"
과정과 결과를 불문하고 아낌없이 보내 주시는 지지로 더욱 위로가 되는 곳, 더욱 위로가 되는 사람들. 이제는 우리 두 사람에게 빼 놓을 수 없는 삶의 터전, 최애공동체. '나야장애인권교육센터'의 강희석, 박온슬 상임활동가.

막연히 꿈꿔 오기만 했던 두 사람의 오랜 염원에 전폭적인 힘을 실어 출간이라는 성과를 이루게 해 주신 '신세계중랑장애인자립생활센터'의 임진아 국장님, 이하 모든 직원분들.

특별하지 않게 보내 주셨던 시선과 마음이 지금의 이소나가 살아가는 기폭제가 되어, 십여 년이 지난 지금까지도 '최고의 선생님'이라 떠올리고 말할 수 있는 최고의 인연, 최고의 기억이 되어 주시는 이소나의 고등학교 1학년 담임 최수현 선생님.

"내 동생."

우리 두 사람의 만남이 시작된 그때부터 기꺼이 함께 이소나의 가족이 되어 주기를 마다하지 않은 것은 물론, 수많은 망설임에 가로막혀 선뜻 새로운 도전에 대한 첫 발을 내딛지 못하고 있던 때,

"엄마는 잘할 수 있을 거야."

고민 없이 서슴없이 힘을 실어 주며, 지금까지도 든든한 지지자가 되어 주는 이옥제의 두 아들딸 장미림, 장호건까지.

책을 출간하며 떠올렸던 모든 분들께 전하는 진심 어린 감사를 담아.

2021년에

이소나 · 이옥제 드립니다.

목차

엄마라는 이름으로

다시 한번 맨 땅에 헤딩

그를 만나기 전에는

무식이
용감

#1. 무식이 용감

"두 분은 관계가 어떻게 되세요?"

또네. 분명 이 자리에 오기 전 사전 소통 당시, 옆에 있는 짝꿍이가 '저희의 교육은 장애인과 비장애인 강사가 함께 진행하는 협업 교육 형태로, 강의 당일 2인의 강사가 방문드릴 겁니다.' 하고 설명했던 사전 배경이 있었음에도 불구하고, 아니 그보다도 교육에 대한 계획서나 우리 두 사람의 프로필 등. 본격적인 교육 전, 교육을 의뢰한 기관 측에 미리 전달되어야 하는 여타의 행정 서류들로 우리가 함께 교육을 진행할 동료 강사의 관계임을 알고 있었을 텐데. 막상 현장에 도착하니 어김없이. 우리 두 사람이 함께 다니면 십중팔구는 듣게 되는 질문, '어떤 관계냐'라는 그 말이 또 한 번 훅 날아들어 왔다.

하긴, 아무리 사전에 두 명의 방문을 알고 있었다 한들 뭐 한 가지 공통점이라도 딱! 눈에 보여야 '아, 이 사람들이 그 사람들인가

보다.' 하지. 한 명은 현저히 어려 보이는데 또 한 명은 지극히 나이가 많아 보이고, 게다가 나이 많아 보이는 한 명은 비장애인에, 그 옆에 있는 나이 어린 사람은 장애인이기까지. 섣불리 관계를 예측할 수 없는 비주얼로 웬 낯선 두 사람이 떡하니 나타나니 나라도 그 관계가 궁금할 것 같기는 하다.

"아, 저희가 오늘 함께 교육을 진행할 강사들이에요. 지난번에 전화로 말씀드렸었죠?"

하지만 이젠 괜찮다. 처음엔 우리를 보는 그 누군가로부터 너무나 당연하게 받게 되었던 "혹시 활보(장애인활동지원사를 표현하는 은어)세요?", "엄마와 딸?" 뭐 이런 오인들에 마냥 어버버. 당황스러움이 극에 달해 말 한 마디 제대로 하지 못하던 때도 있었지만, 어느덧 함께 협업하는 동료. 말 그대로 협업강사 4년 차가 되니 이제 이 정도 질문은 가볍게 받아 넘길 수 있는 굳은살도 생겼고 말이다.

"어머, 정말요? 두 분이 오신다는 건 알고 있었는데…. 몰라 봬서 죄송합니다. 강사님들, 이쪽으로 모실게요."

그런 나의 말이 끝나기가 무섭게 소스라치게 놀라던 담당자의 안내를 받아 교육이 진행될 공간에 들어서고, 그 교육의 주인공인 참여자들을 만나 옆지기 짝꿍 강사, 그리고 참여자들과 함께 짝짝 쿵짝 쿵짝짝. 정신없이 주어진 시간을 보낸 뒤, 교육의 말미.

"와, 강사님들! 오늘 강의 너~무 좋았어요!"
"두 분이 어쩜 그리 케미가 잘 맞으세요? 정말 멋있어요!"
"호호호. 시간 빨리 갔네~?"

순식간에 펼쳐지던 칭찬의 바다에서 한바탕 입수를 끝내고 교육처를 빠져나오다 보니 자꾸만 웃음이 난다. 처음인 것 같지만 처음 아닌, 익숙한 것 같지만 익숙하지 않은. 벌써 수십 번 교육을 마치고 돌아설 때면 늘 찾아오는 동일한 감정이기도 하다.

"하, 참 정말. 누가 알았겠어."

그렇게 오늘도 어김없이 새어 나오는 웃음 속에 나도 모르게 툭 튀어나온 혼잣말을 섞으며 교육처를 뒤돌아 나오는데 옆에서 내 팔짱을 끼고 걸으며(라고 쓰긴 하지만 엄밀히는 '나를 의지해 걸으며'라는 표현이 더 정확한 것 같기는 하다.) 그 말을 듣던 짝꿍이가 묻는다.

"뭐가요?"

우리가 생각해도 매끄러웠던 교육 전반의 흐름, 그로 인해 쏟아졌던 참여자들의 칭찬 가득한 피드백까지. 더할 나위 없이 만족스러운 짝꿍이의 표정이 웃기다.

그러거나 말거나. 여전히 나 혼자의 감정에 심취하다 보니 "하하하하." 또 한 번 붙잡을 새 없이 빠져나간 나의 박장대소에 옆에 있던 짝꿍이가 재차 묻는다.

"왜요, 뭔데요?"

다소 못마땅한 듯 쏘아붙이는 말투. 교육 잘 마치고 나왔는데 대체 뭐가 문제냐는 표정이다.

"아니 그렇잖아. '어떤 관계세요?'로 시작해서 '정말 좋았어요!'로 끝나는 이 상황. 생각해 보면 너무 웃기지 않냐? 처음에 네가 강의 한번 같이 해 보자고 할 때 무슨 말 같지도 않은 소리냐고 펄쩍 뛰

던 게 엊그제 같은데. 정신 차려 보니 벌써 4년째 이 짓을 하고 있
네. 불과 몇 년 전까지만 해도 활보면 활보답게 가만히 있으라는
소리까지 들었었는데 말이야. 참, 이래서 무식이 용감이라는 말이
생겼나 보다."

#2. 살다 보니

큭. 그 부분에 대해서는 입이 열 개라도 할 말이 없다. 벌써 4년
여나 지난 일이건만. 아직도 생각만 하면 이불킥, 아니 나 혼자 열
번, 백 번 이불킥을 하는 건 괜찮은데, 무일푼, 무조건. 오직 '나'라
는 사람에 대한 걱정의 마음 하나로 진격의 동행을 서슴지 않으셨
던 짝꿍님에겐 4년 아닌 40년이 지난 뒤에도 미안함이 가득 담긴
마음밖엔. 무어라 이렇다 할 말로 표현하지 못할 스펙터클한 나날
들의 연속이었던 과거이기 때문이다.

때는 2017년의 봄. 직장인이라곤 하지만 일 4시간 재택근무 형

태로 사내의 단순 사무 업무를 담당하고 있는 나로서는 딱히 바쁘지도, 그렇다고 터무니없이 한가하지도 않던 그런 오후. 한 통의 전화를 받았다.

"여보세요, 이소나 작가님이시죠? 여기는 서울장애인권익연구센터(가칭)라고 하는데요."

'작가? 아, 맞다. 나 작가였지?!'

대학을 졸업한 지 1년 남짓한 시간이 지났지만 하루에 네 시간은커녕, 한 시간의 소일거리도 없이 빈둥빈둥. 여느 취준생과 같은 나날을 보냈었던 2015년. 미래에 대한 걱정과 고민으로, 때로는 하염없이 '멍'을 때리느라. 잠이 오지 않을 때마다 끼적끼적. 고등학교 1학년 때의 내 실제 경험을 동화풍으로 각색해 조금씩 글을 써 내려가는 것이 그 당시 나의 유일한 취미생활이었다.

그러다 그저 잠깐이면 될 줄 알았던 취준생으로의 생활이 장기전으로 돌입하며 생활밑천이 떨어져 그야말로 '밀져야 본전'이라는 생각으로 응모했던 〈2015 대한민국 장애인문학상〉에 그 조각조각들이 덜컥 동화 부문 최우수상으로 당선되며, 당선자에게 주어지는 등단이라는 특전을 누릴 수 있게 된 것이다.

그렇게 평소 진지함 빼면 시체, 농담이라곤 눈곱만큼도 할 줄 모르고, 상상력이라곤 1도 없는 내가 졸지에 작가, 다른 분야도 아닌 "동.화.작.가."라는 타이틀을 갖게 된 것이다.

그러나 딱 두 번. 공모전 시상식 당일, 수상자의 이름을 호명할 때와 수상으로 인해 등단을 하게 된 사람들의 이름을 호명할 때. 그렇게 딱 두 번의 지칭을 끝으로 그 누구의 입에서도 나오지 않았던 단어가 바로 '이소나 작가'라는 말이었다.

이렇게 뜻하지 않은 기억을 소환시켜 준 것만으로도 참 고마운 일이건만, 수화기 너머의 상대는 "네." 혹은 "아니요."라는 내 대답을 채 듣기도 전에 나의 귓전에 더욱 놀라운 말을 들려줬다.

아직은 책의 초입이고, 앞으로 넘기게 될 종잇장 속에선 더 많은 나와 우리의 이야기를 만나게 될 터인데, 이런 도입 부분에서 팬시리 활자를 낭비하면 자칫 너무 지루한 책으로 여겨질 수도 있을 것 같으니 짧고 굵게 요점을 요약하자면 이렇다.

내게 전화를 건 서울장애인권익연구센터에서는 매년 장애인권을 주제로 한 유·아동용 교육 동화책 제작 사업을 진행하고 있는

데, 책의 구성이 되는 글의 집필과 그림 작업에 한해서는 장애를 가진 당사자 작가가 직접 참여함으로써, 스토리의 진정성과 현실성 증대를 높이고 있다는 것.

더 나아가, 더 많은 사람들에게 기회를 제공하며 장애 예술인의 영역을 확장시키기 위해 매년 본 사업의 초기 구상 단계에서는 전년도 장애인문학상 수상자 및 등단 작가에게 연락을 취해 해당 작업을 제안해 왔다는 것.

그러니까 한 마디로 내게 전화를 한 기관, 그리고 상대방을 통해 나는 "우리 이런이런 책 만들 건데, 너 우리랑 같이 일하자."라는 일명 스카웃 제의를 받고 있었던 것이다.

'내가 진짜 작가가 된다고? 내가 쓴 글을 가지고 내 이름이 찍힌 책을 만든다고?'

믿어지지 않았다. 그도 그럴 것이, 엉겁결에 공모전이란 것에 당선이 되긴 했지만 애당초 내게 그 글은 메모 같은 개념이었다. 짧은 인생 중 가장 힘든 순간에 가장 행복했던 나의 과거를 꺼내 끄적이다 보면 잠시나마 현실을 잊을 수 있었던 도피처 같은 수단. 그런 글에 재수가 좋게 '운빨'이 더해져 생활고의 급한 불도 끄고 (비록 무늬만이지만) 작가라는 훈장까지 달게 된 것만도 차고 넘치게 충분한데. 이를 넘은 계약, 출판 제의라니. 생각하고 또 생각해도 믿을 수 없는 일이었다.

'월세 낼 돈이 없어 쓴 글이라던 해리포터의 작가 조앤롤링이 이런 느낌, 이런 기분이었을까?'

수화기 너머의 상대는 여전히 이러쿵저러쿵. 사업에 대한 세부적인 내용들을 전달하기에 여념이 없는데 그 짧은 시간, 이미 혼자만의 상상 속으로 빠져 들어간 내겐 웅웅웅, 왕왕왕. 그저 하나의 소음에 불과할 뿐이었다.

"여보세요, 여보세요? 작가님! 듣고 계신가요?"
"아, 아, 네네네. 이… 일단은 제가 생각을 좀 해 보고요. 내, 내일, 아니 모레까지 연락드리겠습니다."

어디서 보고 들은 건 있어가지고 내 딴에는 최대한 침착하고 자연스럽게. 나름의 '비즈니스적 응대'를 마치고 전화를 끊긴 했지만

이제는 당당히 말하며 살기로 했다

"에이, 내가 무슨."

사실 처음부터 별 마음이 없었다. 생각지도 않게 갑자기 훅 치고 들어온 상황에 잠시 잠깐. 몹시 흥분이 가미된 마음의 요동은 있었지만 말이다.

무서웠다. 자신이 없었다. 무엇보다 대학교 1학년 시절 미미하게 발병을 한 후, 졸업과 동시에 초 절정 기승을 부리던 공황장애에 대한 치료가 한창인 때였기에 그게 뭐가 됐든 새로움에 직면할 엄두가 안 났다. 이런저런 생각을 하다 보니 여러모로 내가 감당할 수 있는 자리가 아니라는 확신이 더욱 강해졌다. 그냥 약속한 날짜에 전활 걸어 대충 핑계 몇 가지를 둘러대며 이 상황을 빨리 떨쳐버려야겠다 싶었다.

#3. 가벼움의 무게

지극히 평범하게 맞은 다음날 아침. 언제 무슨 일이 있었냐는 듯 부스스하게 눈을 뜬 나 역시 머릿속으로는 조금 후 있을 지금의 짝꿍님과의 만남에 대한 약속만 되뇌고 있을 뿐, 지극히 평범하게 시작한 또 하루였다.

3월의 봄 햇살은 따뜻했다. 물론 매주 만나는 사이, 하루에도 몇 시간씩 수십 개의 카톡을 주고받으며 일상을 나누는 사이이긴 하지만, 그래도 오랜만에 영활 보고, 밥을 먹고, 차를 마시는 짝꿍님과의 평일 오후 한가로움도 그지없이 만족스러웠다.

그렇게 홀짝홀짝. 함께 마시던 차 한 잔 속에 시시콜콜한 서로의 말들을 담으며 또 한 번의 시간을 함께 보내던 우리. 그 틈에 나도 전날의 놀랍고도 믿기 힘들었던 일들을 까르르 웃으며 툭 내뱉었다.

"진짜 살다 보니 별 일이 다 있네요. 내일까지 전화해 주기로 했으니 내일 다시 전화해서 못 하겠다고 해야지."

생각 없이, 그냥 아무 생각 없이 꺼내 든 얘기였는데 웬일인지 그런 내 말을 듣던 짝꿍님의 표정이 자못 진지해졌다.

"참나, 너 바보냐?"

이제는 당당히 말하며 살기로 했다

"응응. 그렇지, 그렇지."

이런저런 이야기가 오가던 두어 시간 동안 가끔은 어이없는 표정으로, 가끔은 고개를 끄덕이며, 또 가끔은 얼굴 가득한 웃음으로. 내가 하는 말 한마디, 한마디에 적극적인 리액션으로 화답하던 조금 전까지와는 확연히 다른 분위기였다. 그렇게 몇 초 동안의 침묵이 이어진 뒤, 다시 입을 연 짝꿍님은 내게 말했다.

"소나야, 너 그거 해."
"네?"

너무나도 단호한 음성으로 하던 짝꿍님의 말에 되려 깜짝 놀란 내가 반문했다.

"너 그거, 책 작업하라고. 물론 선택은 네가 하는 거지만, 내 생각엔 왠지 기회인 것 같아. 너도 기회 되면 책 한 권 내고 싶다고 했었잖아. 잘 생각해 봐."

그 후로 몇 주의 시간이 더 흘렀을까. 정신을 차려 보니 어느새 달력은 또 한 장이 넘어가 있었고, 그 달력의 어느 날. 난 서울 여의도의 한 건물 회의실로 향하고 있었다.

'어? 이거 뭐지? 이런 분위기가 아닐 텐데…. 아닌데, 아닌데, 아니어야 하는데….'

분명 '가볍게, 너무 긴장하지 말고, 가볍게 오시라.' 통화를 할 때마다 몇 차례나 강조하던 담당자의 말에 진짜 필기를 위한 노트 한 권, 펜 한 자루만 들고 가볍게 온 길이었는데. 문을 열자마자 후끈하게 느껴지는 회의실의 엄숙함은 담당자가 그토록 강조하고 또 강조했던 가벼움과는 전혀 거리가 멀어 보였다.

디근자 테이블을 빽빽이 채우고 앉아 있는 난생 처음 보는 사람들. 그리고 그 사이 정중앙에 놓여 있는 내 이름 석 자가 쓰인 명패. 이 모든 것들은 나를 한 방에 압도하기에 충분했다.

"와 씨, 이거 뭐야. 사람들은 왜 이리 많이 앉아 있어. 이거 뭐지? 아 진짜 미치겠네."

이런 두려움을 느낀 순간부터 이미 내 심장은 바운스 바운스. 제대로 된 상황파악을 위해 좀 진정됐으면 하는 내 마음을 아는지 모르는지 일사불란하게 나대기 바빴고, 호흡은 점점 가빠졌다. 나만 아는 초조한 상황. 하지만 만약을 대비해 챙겨 온 공황발작 진정제를 먹는 게 내가 할 수 있는 일의 전부였다.

"괜찮아, 아무 것도 아니야. 막상 시작하면 잘할 거면서 왜 그래. 괜찮아. 긴장 풀자."

그리고 이런 내 옆엔 "해 보고는 싶은데 지금 내 상황적 특성상, 새로운 사람을 만나고, 새로운 상황을 맞닥뜨리는 일이 너무 무섭다."라는 내 솔직한 말을 듣곤 "걱정하지 마. 그런 건 충분히 이길 수 있어. 그리고 넌 충분히 해낼 수 있는 아이야. 내가 도와줄게. 같이 해 보자."라는 말로 내게 동력을 넣어 주던, 그 약속을 지키려는 히어로 같은 마음으로 동행한 짝꿍님도 함께였다.

마침내 그 이름도 거창한 '장애인권교육동화책 제작을 위한 제1차 기획 회의'가 시작되었다.

"그럼 먼저 작가님 말씀부터 들어 보고, 그 말씀을 중점으로 하여 세부 논의 진행하는 걸로 할까요?"

담당자의 주재 아래 내게 주어진 첫 발언권. 하지만 이를 마다하고 마지막 순서를 택한 것이 나의 치명적인 실수였다는 것을 알게 되기까지는 그리 오랜 시간이 걸리지 않았다.

"아, 지금 이 자리에 계신 분들 모두 제가 사전에 보내드린 시놉시스와 초고를 제공받아 검토하신 줄 압니다. 그래서 먼저 그 검토 사항에 대해 한 말씀씩 해 주시면 저는 마지막에 발언하겠습니다."

내가 글을 썼고, 그 글을 읽어 본 것은 이들이니 글을 읽은 사람이 먼저 소감과 느낌(?)을 이야기하는 게 맞는 거고, 작가니까 먼저 '말'을 하라고 했지 어떤 말을 하라는 건지, 회의 진행과 내용에 대한 사전 정보가 일절 없었기에 대략적인 이야기의 흐름을 파악한 후 발언을 하려던 것뿐이었는데. 나 원, 이 사람들. 내가 발언권을 보류하지 않았으면 어쩔 뻔했을까?

"그럼 제가 먼저 말씀드리겠습니다. 먼저 1페이지에 보시면…."
"그것도 그렇구요. 저는 5페이지 3문단에 있는 내용에 대해 말씀드리고 싶어요…."

작가, 교수, 장애인단체 사무국장, 사무총장, 인권강사 등등. 각 계각층의 화려한 이력을 바탕에 두고 갖가지의 직함으로 앉아 있던 이들을, 본 회의의 시작 전 담당자는 내게 '기획 위원'이라고 소개했다.

그 당시에야 쥐뿔도 없이 그저 하고 싶다는 마음만으로 앉은 자리였던지라 무조건 "네, 네, 네."

적어도 나보다 높은 자리에 있던 그들의 말이 무조건 맞는 줄만 알았지만, 지금에 와서 다시 생각해 보면 참 이상한 일이다. 유·아동용 교육 동화책 제작을 위한 회의라고 모인 자리에, 책의 실질적인 독자가 되는 어린이나 유치원, 초등학교 교사도 아닌 일선의 '전문가'들이라니. 이럴 바엔 아예 처음부터 나 같은 초보 작가를 초빙할 필요도 없이 그냥 전문가들이 모여 나누는 전문적인 견해를 취합해 책을 완성해 내면 되지 않았을까?

도대체 책 한 권을 출간하는 데 주축이 되는 작가 외, 왜 한두 명도 아닌 열 명에 가까운 사람들이 기획 위원이란 이름으로 자리를 차지하고 있어야 했던 건지. 솔직히, 4년이 지난 지금까지도 풀리지 않는 의문 중 하나이다.

하지만 이런 이상한 일보다 더 큰 문제는 따로 있었다. 바로 나.

이번엔 명색이 메인작가라고 한 자리를 차지하고 있는 내가 문제였다.

그렇잖아도 약의 힘으로, 그리고 옆에서 계속 마음을 다독이며 일각의 정신적 지주가 되어 주던 짝꿍님을 의지하여 간신히 안정을 찾은 뒤였는데. 이건 뭐, 단순한 인권적 오류를 떠나 '이 단어를 쓰네, 마네. 동화 속 여 주인공에게 치마를 입히면 되네, 안 되네.'

초고의 전 부분을 통틀어 한 사람에 한두 마디씩 훈수를 놓자드니 졸지에 열두 개, 아니 그 이상의 화살촉을 온몸으로 받은 나는 마음의 안정은커녕, 좀 전보다 더욱 심한 강도로 시작된 공황발작에 그야말로 정신을 차리지 못하는 상황이 되어 버리고 말았다.

내 의지와 상관없이 표정은 점점 굳어지고, 드디어 한 바퀴를 돌아 마지막 순서. 미뤄 두었던 발언권이 다시 내게 돌아왔지만 나는 아무 말도 할 수가 없었다.

"그럼 이제 여기 계신 기획 위원님들은 다 한 마디씩 하신 것 같구요. 최종적으로 작가님 말씀 다시 들어보도록 하겠습니다."

"…."

한참이 지나도록 아무 말도 하지 않고, 추후, 옆에서 모든 상황을 지켜봤던 짝꿍님에게 들은 표현을 빌리자면 '입은 댓 발 나와서 잔뜩 똥 씹은 표정'으로만 일관하고 있노라니 슬금슬금. 그런 내 눈치를 보다 못한 기획 위원들이 한 마디씩 하기 시작했다.

"작가님, 혹시 화 나셨어요? 혹시 저희가 뭐 잘못했나요?"
"어머 어떡해. 우리가 너무 신랄하게 지적해서 작가님 화나셨나봐."

자칫하면 오해가 오해를 불러올 수 있는 상황. 그렇게 더는 두고 볼 수 없는 장면이 끊임없이 연출되자, 바로 옆에 앉아 속은 바짝바짝 타들어 가면서도, 초조함에 애간장만 태우며 나의 진정세만 기다리던 짝꿍님이 마침내 입을 열었다.

"선생님들, 지금 작가님이 조금 시간이 필요한 듯하니 제가 대신 말씀드리겠습니다. 먼저, 아까 저쪽 우측에 앉아 계신 선생님이 말씀하신 부분은 사실 우리 이소나 작가가 이러이러한 취지를 가지고 요즘 아이들의 시대상을 반영해서 쓴 글이에요. 문단상의 오해가 있으셨던 것 같습니다. 또 아까 왼편 선생님이 말씀하신…."

'와 씨, 다행이다. 됐다.'

아무 말도 하지 못한 채 우두커니 앉아만 있던 나를 대신해 짝꿍님이 책의 구성적, 상황적 내용을 대변하며 의견을 개진했을 때, 난 속으로 쾌재를 불렀다.

무슨 말을 하긴 해야겠는데 쿵쾅쿵쾅. 아까보다 더욱 빠른 스피드를 자랑하는 심장은 여전히 허우적대기에 바쁘고 머리는 멍해져 도무지 내 몸과 내 정신을 내 뜻대로 다룰 수 없는 이 시점에 초기 원고에 대한 소재부터 내용적 측면까지. 집필 도중 고민을 털어놓을 때면 의견을 더해 주고, 당시 7살 난 손녀딸을 돌보며 알고 있는 '요즘 아이들'의 사실적인 정보를 전달해 주기까지 하며 함께 머리를 감싸 쥐었다 해도 과언이 아니기에. 그래서 누구보다 내 집필 의도에 대해 잘 알고 있는 짝꿍님이 너무나도 일목요연하게 그 모든 내용과 취지를 정리해 이야기했으니, 적어도 이들에게 작가로서 추구하는 관점, 책에 대한 내 의도만큼은 명확하게 전달됐을 거라 생각했다.

그런데 웬걸. 이 모든 것은 나 혼자만의 착각이었다. 내 마음속 이상과 달리 현장의 실제는 전혀 다른 방향, 달라도 너무 다른 방향

이제는 당당히 말하며 살기로 했다

으로 흘러가고 있었다.

"그런데요 이모님, 저희는 작가님 말씀을 듣고 싶은 거예요."

이모님. 누구 마음대로 이모님일까?

나와 짝꿍님이 둘이 같이 회의실에 입장한 그 순간부터 "두 분 사이가 어떻게 되시냐.", "엄마냐, 친척이냐."

앞다퉈 질문을 던지면서도 대답할 틈은 주지도 않고 본인들끼리 갑론을박. 끊임없이 우리 두 사람의 관계에 대해 접전을 펼치기를 얼마간, 쥐도 새도 모르게 우리 둘은 친인척이 되어 있었고, 그들 사이 짝꿍님의 호칭은 이모님이 되어 있었다.

'이모님? 무슨 식당 홀 직원도 아니고 왜 하필 이모님이라고 부르는 거야?'

#4. 일단 끝!

어쨌든, 별안간에 별일을 다 봤던 첫 번째 기획 회의는 그렇게 끝이 났다.

몇 번을 참고 참다가 겨우 겨우 입을 뗐던 짝꿍님의 말에, 마치 들어선 안 될 말을 듣기라도 한 듯. 이구동성으로 "우리는 작가님의 말씀을 듣고 싶다."라며 바짝 칼날을 세우던 기획 위원들.

급속도로 냉각된 회의 분위기에 "첫 회의부터 작가님이 너무 무리를 하신 것 같으니 오늘 못다 한 이야기들은 추후 작가님과의 개인적인 소통을 통해 전달하겠다."라는 말로 서둘러 상황을 무마하던 담당자 덕분이었다.

이제는 당당히 말하며 살기로 했다

#5. 조력자 그리고 제3자

음… 어떻게 어디서부터 이야기를 시작해야 할까?

사실 4년여가 흐른 지금까지도 2017년 봄, 아니 그 해, 그 공간에서의 일을 떠올리는 것은 내게 썩 유쾌하지 않은 불편함을 가져다주곤 한다. 하지만 엄밀히 따지고 돌아보면 그때의 그 시간, 그 일들을 만난 것이 지금의 우리 두 사람을 있게 해 주었음은 반박할 수 없는 사실이 분명하니 이 이야기를 빼놓고서는 우리의 솔직함이 담긴 다음의 전개조차 이어질 수 없으리라.

2017년 봄. 당시 내가 짝꿍이를 따라 나선 것은 그저 정신적 지주 역할이나 하려는 가벼운 마음에서부터였다. 등단을 한 동화작가이긴 하지만 딱히 이렇다 할 집필 활동을 전개하고 있지 않던 그의 꿈은 자신의 이름으로 된 책을 출간하는 일이라는 걸 익히 알고 있던 나였기에, 겉으로 드러나는 뇌병변장애 외, 드러나지 않아 남들은 잘 모를 거라는 공황장애를 이유로 새로이 마주해야 하는 도전을 꺼려했을 때, '무섭다'라는 말로 두려움을 내비쳤을 때. 낯선 환경과 사람들 속에서 자유로울 수 없는 그의 현실이 무척이나 안타깝기는 했지만, 그래서, 그랬기에 내가 도와주면, 조금만 함께하면 할 수 있을 거라 생각했다. 낯선 환경과 사람들에 대한 두려움만큼 익숙해진 사람들, 익숙해진 일 앞에서는 누구보다 성실하게 자신의 몫을 감당해 낼 것이라는 것을 믿었기 때문이다.

이런 확신이 있었기에 글을 집필하는 것 외에는 100% 지지하고 도와주겠다고 그를 독려하고, 마침내 찍게 된 계약 도장에 함께 박수를 치고. 그렇게 며칠에 걸친 물리적, 심리적 준비를 거듭한 끝에 갖게 된 첫 번째 기획 회의 날. 듣기로는 그간 유선상으로, 또는 메일과 메신저를 통한 온라인으로만 연락을 주고받던 관계자들과 처음으로 대면을 하는 자리라고 했다.

"뭐 특별히 준비할 건 없니?"
"네, 뭐 그냥 편하게 오라던데요?"
"작가는 넌데 옆에 동행자가 있다고는 미리 이야기했고?"
"그럼요."

묻는 질문마다 'YES'로 화답하던 짝꿍이의 말에,

이제는 당당히 말하며 살기로 했다

'역시 '인권'이라는 타이틀을 지닌 곳인 만큼 많은 면에서 너그러운 곳이구나.'

나 역시 발걸음도 가볍게 그와의 동행에 나섰다.

'이런 분위기라면 행여 호흡곤란이나 실신 등, 공황발작(당시에는 '공황발작'이란 단어조차 알지 못했을 때였지만서도)으로 인한 위급한 상황이 발생했을 때 빠른 대처를 하는 것 정도가 나의 역할이겠구나.' 아니, '이 정도의 자유로움이 허용되는 곳이라면 그런 위급상황조차 발생하지 않겠구나.' 하는 정말 가볍고 단순한 생각으로 말이다.

그런데 웬걸. 회의를 시작함과 동시에 펼쳐진 눈앞의 상황은 나의 예상을 완전히 빗나갔고, 아마 제 딴에도 낯선 분위기와 사람들 속에 이 공간 안에 들어설 때부터 이미 조금씩 무너져 내리고 있던 정신을 추스를 시간을 벌어 보겠다고 자신의 발언권까지도 다른 분들에게 우선 양보한 모양인데 사태는 점점 심각해져만 가니, 이 자리를 준비하며 자연스레 초고를 집필하는 과정을 오롯이 지켜봐 온 나로서는 더 이상 보고 있을 수만은 없는 일이었다.

"저기⋯. 말씀 중에 죄송하지만, 아마 이소나 작가가 지금 긴장을 너무 많이 해서 말을 하기가 쉽지 않은 것 같은데, 원고의 전반적인 기획 의도는 집필의 과정을 함께했던 사람으로서 작가를 대신해 제가 간략하게 말씀드려도 될까요?"

그 순간 시작된 관계에 대한 무차별적인 억측.
'아…. 도대체 이 자리에서 어떻게 우리 관계를 설명해야 하나.'
벙긋벙긋. 뭐라 뭐라 입술을 움직이는 동안에도 머릿속에선 맴맴맴. 계속해서 이 한마디가 맴돌았다. 하지만 지금으로선 도저히 수습 불가인 상황에 어찌어찌 원고에 대한 설명만으로 얼버무리며 상황을 무마시키고 보니 더욱더 따갑게, 그리고 차갑게 돌아오던 수십 개의 눈총들.

'휴, 어찌됐건 일단 회의는 끝났으니 됐다.'
집으로 돌아온 후, 한참 동안이나 많은 생각을 했다. 그렇게 얼마나 지났을까. 마침내 내 머릿속에 남겨진 마침표 하나. 솔직해지는 것만이 가장 확실한 정답이라는 결론이었다.

'그렇다면 나의 존재를 어떻게 설명하지?'
그때부터 시작된 폭풍 검색. 그렇게 몇 번의 검색을 하고 또 해

이제는 당당히 말하며 살기로 했다

보니 조력자[1]라는 단어가 나를 나타내기에 가장 적합한 듯 보였다.

 그렇게 내 나름대로의 정리를 끝낸 후, 짝꿍이에게서 미리 받아둔 담당자의 번호로 전활 걸어 자초지종을 설명했다. 꽤 오랜 동안이었다.

 '나는 혈연관계가 아닌 조력자다. 제3자로서 작가를 대신해 이런 말을 하는 것이 불편하고, 작가 역시 타인에게 본인의 사생활이 알려지는 것을 원하지 않지만 앞으로의 불편함을 줄이기 위해서는 어쩔 수 없는 결정이었다.

 이소나 작가는 지금 뇌병변장애뿐 아니라 공황장애로 인한 정신적 어려움을 겪고 있으며, 이로 인해 혼자서는 낯선 환경에 투입되기 어려운 형편이라 내가 동행하게 되었다.'

 당장 몇 시간 전, 서로가 마주했던 일에 대한 것들부터 부모님의 이혼으로 초등학교 고학년 때부터 혼자 생활해야 했던 짝꿍이의 성장 배경까지. 이렇게 얼기설기 뒤엉킨 개인적 사정들로 인해 굳

1　[명사] 도와주는 사람. (출처: 네이버 국어사전)

이 혈연도 아닌 남이 조력자로 나서게 된 이유들까지.

내가 들은 대로, 아는 대로, 그리고 나의 생각대로. 더 이상의 오해가 또 다른 오해를 낳게 되는 결과를 미연에 방지하기 위하여 최대한 적나라하고 솔직하게 이야기를 풀어낸 후, 다른 기획 위원분들에게도 이 상황을 잘 전달해 주십사 양해를 구했다.

앞으로의 회의 자리에서 역시 오늘과 같은 작가의 상황이 반복될 때면 내가 개입되어질 수도 있지만, 회의의 세부적인 내용들이 작가에게 잘 전달되어 집필을 잘할 수 있도록 돕겠다는 약속과 함께 말이다.

#6. 경고장

"아, 가기 싫다."

몇 주 뒤, 다시 돌아온 기획 회의 날 아침. 회의 장소로 향하는 차 안에 툭 던져진 짝꿍이의 말이었다. 초점 없는 눈동자, 퉁퉁 불은 얼굴도 함께였다.

"에이, 괜찮아. 내가 담당자랑 통화하면서 우리 상황에 대해 솔직하게 이야기했고, 기획 위원분들께도 잘 전달해 달라고 부탁드렸으니 다른 분들도 알고 계실 거고, 괜찮아. 오늘은 괜찮을 거야."

그런 짝꿍이를 안심시키려 그럴싸하게 포장한 한마디. 하지만 그 속을 들여다보자 하면 두말할 것 없이 이심전심. 그저 어른으로서의 책임으로 감정을 드러내지 않으려는 포커페이스였을 뿐, 좀체 떨어지지 않는 발걸음을 다독이고 있는 건 나 역시 매한가지였다.

그렇게 참석한, 그렇게 시작된 또 한 번의 기획 회의. 전화통화, 아니 가감 없었던 솔직함의 효과였던 걸까. 회의가 진행되는 내내 자리에 참석하신 모든 분들은 갑작스런 침묵, 다소 공격적인 말투 등 메인작가인 짝꿍이의 돌발적인 행동과 초대받지 않은 나의 발언들을 암묵적으로 수용하시는 듯 보였다.

다행히⁽ᵃ⁾ 내심 조마조마했던 두 번째 기획 회의는 별일 없이 끝이 났고, 회의를 끝내고 나니 바로 맞물린 점심시간. 수많은 직장인들로 붐비는 점심시간대의 외식을 피하고자 했던 식사방법이었던지, 나를 포함한 회의 참석자 전원은 기관에서 준비해 준 도시락을 하나씩 받아 들었다.

그렇게 각자의 앞에 놓인 도시락을 곁들이며 이러쿵저러쿵. 여러 이야기들이 이어지던 중, 기획 위원 한 분이 느닷없이 냅다 소리를 지른다.

"!@#$@%%#$^#*(@!"

가만 보니 저분. 분명 지난 번 1차 기획 회의 때는 못 뵈었던 분이었는데…. 그래서 다른 분들과 달리 우리에 대한 어떤 내용도 전달받지 못했던 건지. 조금 전 회의 시간,
"어머님이세요?", "이모님이세요?", "혹시 공동 집필자이신가요?"
불쑥불쑥 쏟아 내던 질문들로 다시금 나를 당혹스럽게 했던 그 장본인이었다.

"@#$@#%#%#^~!@ 할보(장애인활동지원사의 은어로 쓰이는 '활보'라는 단어가 당시 내 귀엔 이렇게 들렸었다)면 할보답게 조용히 하고!"

"??????"

　지금까지는 미처 접해 보지 못해 익숙지 않았던 불확실한 발음의 언어들과, 거기에 동반된 고성까지. 나로서는 도저히 그분의 말을 온전히 알아들을 방법이 없었지만 이럴 땐 또 어떻게, 어디서 그런 용기가 샘솟는 건지. 곧장 함께 혈압을 올리며 조목조목 반박을 하던 짝꿍이 덕에, 한마디로 '주제넘게 나설 자리, 안 나설 자리 가리면서 당신의 위치를 지켜라.' 뭐 이런 뜻이 담겨 있는 나를 향한 경고의 메시지였다는 것쯤은 알 수 있었다.

　'그럼 그렇지. 별일이 없을 수가 없지. 모든 게 내 마음만 같으면 이상하지. 암, 그렇고말고.'

　다음날인가, 그 다음날인가. 앞서 1차 기획 회의 후 나와 통화를 했던 담당자에게서 전화가 왔다. 사건(?) 당일. 선생님(나)을 오해하셨던 기획 위원분은 몇 주 전 1차 기획 회의 때의 불참으로 이번 2차 기획 회의에 처음 참석하신 분이라는, 그 탓에 자신이 미처 선생님과 작가님의 상황을 전달드리지 못했다고. 이번 일은 자신의 불찰이었다는 말이었다. 그 끝에 덧붙이던 한마디.

"선생님, 그분은 장애인 당사자로서 오랫동안 당사자 우선주의와 자기결정권을 위해 운동을 해 오신 분이라서 그러신 거니 이해하세요."

?????? 당사자 우선주의? 자기결정권? 이건 또 뭐람. 처음 듣는 말이다. 음…. 굳이 기억을 꺼내 보자면 어디선가 싸움이 일어났을 때 옆에서 가족, 혹은 지인이라며 끼어들라치면 "당사자 아니면 빠지세요!" 이런 식으로 들어 본 적은 있었던 말인 것도 같긴 하지만.

#7. 뿌리 깊은 어른

어쨌든, 2차 기획 회의를 마치고 돌아온 후부터 짝꿍이도 나도 꽤나 오랫동안 지지부진하게 아팠었다.

하루는 나도 너무 아프고 힘들어 모든 걸 내려놓고 종일 뒹굴거리다가 오후쯤이 되어서야 문득 떠오르던 짝꿍이 생각에 전화를 걸어 보니 받지 않는다.

'이상하다. 전화를 안 받을 리가 없는데….'

저녁 무렵까지 반복적으로 통화를 시도하다 걱정이 되어 퇴근한 남편과 함께 부랴부랴 향한 짝꿍이의 집. 평소 어두움을 끔찍이도 싫어하는 아인데. 캄캄한 어둠 속 휴대폰을 통해 뿜어져 나오는 작은 후레쉬 불빛에만 의지한 채 꼼짝도 못 하고 엎어져 있다. 그 시간이 얼마나 지속되었던 건지. 핸드폰은 곧 폭발 직전. 짝꿍이라고 예외는 아니었다. 온몸이 뜨겁고 축축하다.

"세상에…. 이렇게 아팠으면 전화를 하지. 가자, 병원 가자 빨리."

그길로 곧장 달려간 응급실. 도착하자마자 정신없이 이어지던 검사 행렬을 끝으로 약봉지를 손에 쥐고 귀가하다 보니 수십 가지의 생각들이 머릿속을 헤집는다.

'내가 이렇게 힘든데, 이 아이는 얼마나 더 힘이 들까? 애당초 무모한 도전이었으니 지금이라도 그만하고 던져 버리자고 할까?
처음부터 모두에게 공황장애의 존재를 알리고 시작하자던 내 제안에 "어차피 말해 봤자 그들은 이해할 수도 없고, 나를 받아 주지도 않을 거예요." 강력하게 손사래를 치며 고개를 흔들던 이 아이를 왜 조금 더 설득하지 못했을까?

집필하는 일만 뺀 모든 과정에 동행해 주겠다고. 너무나 가볍게 나섰던 나의 책임감 때문에 이 아이에게 못 할 짓을 하게 하는 건 아닐까?'

꼬리에 꼬리를 물며 쉽사리 정리가 되지 않았던 당시의 복잡했던 마음들. 하지만 4년이 지난 지금에서야 비로소 이 글을 쓰며 드는 생각은, 아마 짝꿍이에게 포기를 너무 빠르게, 뿌리 깊게 심어주는 어른이 되고 싶지 않았던 나의 마음이었던 것 같다.

소나's Talk

#8. 8개월

난생 처음 들어 보는 그 단어 당사자 우선주의, 그리고 자기결정권. 아마 지금 이 글을 읽고 있는 여러분들에게도 꽤나 생소하게 들려오는 단어일지 모르겠다. 물론, 나도 당시엔 몰랐다. 생각조차 못했었다. 천 명, 만 명의 비장애인에겐 그저 낯설기만 한 이 단어가, 우리 두 사람이 몸담고 있는 장애인계에서는 장애인 당사자 한 명의 삶을, 생활을 좌우하는 아주 중요하고 핵심적인 가치 중 하나라는 것을.

2017년 책 작업 당시 움직이고, 말하고, 선택하고, 결정하고. 어떤 하나의 일을 해야 할 기로마다 그 열댓 사람들의 입에서 늘 "작가님, 작가님."이란 말이 먼저 나왔던 것은 단지 메인작가에 대한 예우 차원에서만이 아닌, (그들의 말에 의하면) '비장애인 중심의 구조와 제도로 이루어진 이 사회에서는 항상 장애인이 우선시되어야 한다.' 하는 당사자 우선주의에 입각한 행동이었다는 것을 완전히 체득하기까지는 책이 출간되고서도 6개월여 후. 인권강사가 되기 위한 준비과정에서부터였으니 말이다.

나 참, 세상의 빛을 보게 됨과 동시에 나의 의지와는 상관없이 붙어 버린 장애인이라는 수식어에 나름대로는 치열한 맞불 작전으로 30여 년을 살아왔다고 생각했었는데. 아직도 갈 길이 구만리인가 보다.

어쨌든, 그리고 2021년. 이제는 현직에서 활동하고 있는 인권강사로서 나 역시 때로는 불특정 다수의 청중들을 향해 당사자 우선주의와, 그의 짝꿍을 이루는 자기결정권에 이르기까지. 의미와 중요성, 그 핵심 사안에 대해 목이 쉬도록 열변을 토하기도 한다. 이는 수십 년의 장애 운동과 투쟁의 역사 속, 그저 무능한 수혜의 대상이라 여겨졌던 장애인 당사자들의 지난 삶을 보상해 주는 중요한 요소이자, 비로소 인간다운 삶의 시작이 되었던 한 획임은 명백한 사실이니 말이다.

하지만 4년 전 그날. 그때에. 그저 이 단어들을 앞세운 그들의 모든 행동과 말은 장애인 비장애인을 떠나 그저 인간 대 인간, 인간에 대한 예의라는 범주 안에서. 대단히 무례하고도 몰상식함이었다는 나의 입장은 변함이 없다. 혹여 그 당시 우리 두 사람의 대화나 행동들이 본인들이 그토록 추구하고 앞세우는 당사자 우선주의와 자기결정권의 원칙 안에 위배되는 행위로써 불편함을 느꼈다 한들, 성인이라면, 더욱이 '인간의 권리.' 인권을 말하는 이들이라면,

"작가님, 어떻게 하시겠어요?" 등의 질문형 언어로 다시 받아 당사자인 내 의견을 확인하는 등의 방법을 충분히 적용할 수 있지 않았던가.

안다. 알고 있다. 사실 이 모든 상황이 이렇게까지 절정으로 치달은 데에는, 무엇보다 초기 대응을 잘못한 내 잘못이 가장 크다는 것을.

객관적으로 보면 처음부터 나를 선택한 기관과 사람들. 그들이 원하고 필요로 하는 건 오직 이소나라는 사람 한 명 뿐인 건데. 웬 놈의 혹 하나를 떡하니 달고 나타나 혼연일체 행세를 하며 동일한 사람으로의 취급을 해 달라는 요구를 하고 있으니 그들의 입장에서는 이 얼마나 황당하기 이를 데 없는 일이었겠는가.

이에 2차 기획 회의 후 그런 준비 없는 봉변(?)을 당하고 난 뒤에야 뒤늦게 "다른 기획 위원분들과도 꼭 공유해 주시라."라는 말과 함께 무슨 에세이집 한 권을 집필하듯 우리 두 사람의 만남에서부터 관계, 이 작업을 시작하게 된 계기, 눈에 보이는 뇌병변장애뿐 아니라 보이지 않는 또 다른 질병 공황장애의 진행 정도, 그로 인해 짝꿍님이 동석하게 된 1차 회의 당시의 이유와 앞으로의 이유들까지. 빽빽이 적어 담당자를 통해 전달한 '작가 의견서'보다도 본 작업의 가장 처음, 내가 이 작업을 하겠다고 결심한 그 시점에, 그게 아니었더라면 적어도 1차 기획 회의의 시작 전까지였더라도 나의 개인적인 문제와 상황들을 솔직히 밝히고 양해를, 동의를 구했더라면. 그래야 했었다는 걸 조금만 더 일찍 알았더라면. 여러 측면의 많은 변화가 있었을 텐데 말이다.

　그러나 미련함과 무지에 갇혀 스스로 자처한 일을 이제 와서 뭐 어쩌겠는가.

　다행이라고 해야 할까? 그렇게 미련과 무지로 견뎌 내던 그 스펙터클함 속에서도 시간은 갔고, 꼬물꼬물. 더디지만 하나씩 도출되어 가던 결과물이 집체가 되어 책이 출간되었다. 그 이름하야《똥! 똥! 똥!》

　고민과 눈물, 후회, 반성, 죄책감. 하루에도 수십, 수백 번을 오가던 복잡한 감정선을 붙잡고 장장 8개월을 '버텨 낸' 결과였다.

#9. 이름 석 자

　당연한 수순이겠지만, 책이 출간되니 많은 사람들의 축하 행렬이 이어졌다. 좋았다.

　　　　　　　　　이제는 당당히 말하며 살기로 했다

"엄마, 저 사람 좀 봐, 이상해."

"쉿, 조용히 해. 그런 말 하는 거 아니야."

"에구 쯧. 불쌍하기도 하지. 아직 나이도 어린데 얼마나 힘들까."

거듭 이야기하는 바이지만, 이 땅에 태어난 그 순간부터 나의 선택 여부와는 상관없이 갖게 된 나의 또 다른 정체성, 장애인.

이로 인해 벌써 수십 년. 남녀노소를 불문하며 받아 왔고, 받고 있는 동정의 시선이 아닌 그냥 이소나라는 사람 자체로 받게 된 주목도, 바야흐로 SNS의 시대. 내 이름이 써 있는 무엇이 어딘가로 유통되어지는 과정을 실시간으로 보고 듣는 일도. 모든 것이 다 새로울 뿐이었다.

그러나 이런 새로움이 쌓여 가는 만큼 더욱 더 묵직하게 나를 누르기 시작한 또 다른 감정들이 있었으니. 미안함과 고마움, 그리고 안타까움. 바로 짝꿍님에 대한 마음이었다.

만약 지난 8개월이 오롯이 나 혼자서 감당해 내야 했던 시간들이었다면?

따지고 보면 '좋은 마음'이 앞서 시작한 일인데, 난생 처음 생판 모르는 사람들에게 온갖 비난과 수모를 당해야 했던 짝꿍님이 "더 이상은 못 해 먹겠다!"라며 나의 서포터 역할에 중도포기 선언을 하기라도 했다면, 나는 이 모든 과정을 끝까지 완료할 수 있었을까?

아니, 아마 절대로 그러지 못했을 거다. 이미 앞선 지면들을 통해 언급했던 것처럼 애당초 이 자리는 내게 맞지 않는 자리라고 여겨 생각조차 하지 않았던 내가 출간, 그리고 집필이라는 작업의 첫 단추를 뀔 수 있었던 것도 전적으로 나를 신뢰하며 아끼지 않았던 짝꿍님의 무한 격려와 지지 덕분이었으니까.

결국 함께 고민하고, 함께 노력하고. 함께했기에 가능했던 시간들이었는데. 눈에 보이지 않던 그 순간들이, 시간들이 결과물이 되어 눈에 보이기 시작하니 이곳저곳에서 비춰지는 온갖 스포트라이트는 오직 나를 향해서'만' 쏟아진다.

그랬다. 세상은 냉혹하고 냉정했다. 그 과정이야 어떠했든 지난 8개월간, 무엇보다 '돈'을 받고 집필을 한 사람, 그래서 책의 표지에 '글/이소나' 떡하니 이름 석 자가 쓰인 사람도 오직 나였으니. 어찌 보면 따지고 들 것도 없이 지극히 당연한 일이었다.

그러나 적어도 나로서는 꽤나 아이러니한 일이 아닐 수 없었다.

결과야 그렇다 치고, 책이 출간된 후(이제와 솔직히 말하자면 어부지리로) 하게 된 언론사 인터뷰에서마저도 주목하는 건 오직 결과뿐. 그 결과 뒤 과정에 대해 이야기할 '기회'는 그 어디에서도 주어지지 않았다.

이대로 가만히 있을 수는 없었다. 기회란, 주어지지 않으면 만들어 내는 것. 알리고 싶었다. 알려야 했다. 함께였기에 가능했던 우리의 시간들을, 그 과정 가운데 발견한 '같이의 가치'들을 이대로 묵혀 둘 수만은 없었다.

그리고 왠지, 이 기회가 주어진다면, 이 기회만 주어진다면. 짝꿍님을 만난 후부터 줄곧 품게 된 내 작은 소망 하나까지도 이루어질 수 있을 거란 확신이 들었다. 그때 그 기분이, 그 확신이 무엇 때문이었는지, 어디서부터 나온 건지는 4년이 지난 지금까지도 여전히 모를 일이지만 그냥 꼭 그럴 수 있을 것 같았다.

엄마라는
이름으로

#1. 소망

아, 그래서 그 소망이 대체 뭐냐고? 사실 들어 보면 별거 아니다. 아, 아닌가? 별거일 수도 있겠다.

뭐든지 생각하기 나름이라고, 이 역시 생각하기에 따라 누군가에게는 어마무시한 '별거'로, 누군가에게는 그냥 개소리, 잡소리로 여겨질 수도 있는 내 소망. 감히 꿈이라기엔 너무 거창해 찾다 찾다 소망이라 내 맘대로 이름 붙인 나의 소망은 '짝꿍님의 삶을 찾아 주는 것, 더 이상은 누군가의 엄마, 누군가의 아내, 더 나아가 누군가의 할머니로서만이 아닌 이옥제. 그 이름 자체로 사는 삶을 찾아 주고 싶다.'라는 것이었다.

벌써부터 이게 무슨 아무말대잔치인가 싶은 생각이 팍! 들겠지만, 나는 그랬다. 내 소망은 그랬다. 처음 만나 어느 정도 친밀감을 쌓아 가기 시작한 그때부터 이제는 어느 정도 그 소망을 이룬 것도 같다. 내 나름대로 정의한 지금까지도. 내가 본 짝꿍님, 보고 있는 짝꿍님은 이옥제 자신이기 전에 엄마로, 아내로, 할머니로. 항상 누군가를 위한 삶을 먼저 사는 사람이었으니까.

다 외우진 못해도, 그 내용을 세세토록 다 알고 있진 않아도. 어디선가 한 번쯤은 들어 봤던 시 한 편.〈엄마는 그래도 되는 줄 알았습니다〉

…(중략)…

엄마는
그래도 되는 줄 알았습니다.
손톱이 깎을 수조차 없이 닳고 문드러져도

엄마는
그래도 되는 줄 알았습니다.
아버지가 화내고 자식들이 속 썩여도 전혀 끄떡없는

엄마는
그래도 되는 줄 알았습니다.

…(중략)…

- 심순덕, 〈엄마는 그래도 되는 줄 알았습니다〉

중에서

학교 다닐 때야 뭣 모르고, 교과서에 나오니까, 선생님이 외우라니까, 이걸 암송하는 게 자그마치 평가라니까. 머릿속에 들어가는 대로, 입에서 나오는 대로. 줄줄줄 중얼대기가 바빴었는데. 어느덧 삼십 대가 되어 이 활자를 다시 보고 있노라니 왠지 '오죽하면 이런 시가 다 나왔을까.' 싶은 생각이 들기도 한다.

오래전부터 고착되어진 사회적, 시대적, 문화적 배경에 의해 여성, 특히 결혼을 한 여성의 경우 더더욱. 본인이 주체가 되는 삶을 영위하는 것은 너무나도 어렵기만 한 것이 우리나라의 현상이고 현실이니까 말이다.

뭐, 여성우월주의나 양성평등과 같은 개념들이 도출되고 점점 사회화가 되기 시작하며, 일각에서는 그것도 다 옛날이야기다, 이제는 많이 좋아졌다는 말들이 설왕설래 되고 있긴 하다지만, 어찌 됐건 임신과 출산의 과정에서부터 오는 모성애와 보호본능. 뭐 이런 부가적인 것들이 가져다주는 이름과 무게들로 인해, 결혼을 한 여성들이 타인의 삶과 더 가까워지는 것은 어느 틈에 지극히 자연스러운 현상으로, 아마 앞으로도 오래도록 바뀌지 않을 우리나라, 아니 만국 공통의 이치라 해도 과언이 아닐 것이다.

짝꿍님 역시 그랬다.

집 근처 공원을 걸으며 산책을 하고, 점심을 먹고, 차를 마시며 한가롭게 자신을 위한 여유를 즐기다가도, 그 여유가 주는 풍요로움을 채 느끼지도 못한 채로 호다다닥. 오후 3시만 되면 어린 외손녀의 하원 길을 챙기러 분주하게 발걸음을 옮겨야 하는,

누가 봐도 아줌마, 아저씨. 이제는 장성해 출가를 한 자식이라 할지라도 그들을 위해서라면 자신의 시간과, 물질과, 노력의 희생쯤은 너무나도 당연시 여기는.

행여 그들이 스치듯 가볍게 던져 내는 한마디에 서운함이 차올라도 애써 괜찮은 척, 덤덤한 척, 아무렇지 않은 척. 자신의 감정까지도 '괜찮다.' 무마해야 했던 누군가의 엄마, 아내, 그리고 할머니. 그렇게 지극히 평범한 우리네 여성이었다.

어느 날이었다. 여느 때와 같이 서로의 시간이 맞아 함께 밥을 먹고 차를 마시며 이런 저런 이야기들을 담아내던 중, 이런 저런 이야기 끝에 은근슬쩍 서운하고 속상한 자신의 감정을 내비친다.

그렇다고 그게 뭐 엄청나게 대단하거나 큰일은 절대 아니고, 그냥, 그저 그런 이야기. 우리네 가족사 안에서, 역시 엄마이기에, 아내이기에, 감내해야 했던 고됨. 그러나 사람이기에 어쩔 수 없이 차오르는 여러 감정들이, 그런 속내가 뒤죽박죽 섞인 그저 그런 이야기들이었다.

여느 때 같으면 기껏해야 "음⋯. 음⋯." 정도의 리액션을 가미하며 듣기에만 바빴을 텐데, 그날 따라선 왠지 화가 났다. 아무리 어쩔 수 없다고 하기로서니 '왜 이렇게까지⋯.' 싶은 생각이 절로 들었다. 그리고 벌컥 화를 냈다. 이거야 말로 나도 모르게 불쑥 튀어나온 행동이었다.

"아니, 말을 해요. 말을. 나 서운하다, 속상하다, 힘들다. 말을 하면 되잖아. 아무리 남편이고 자식이어도 그렇지. 똑같이 감정 있는 사람인데 서운하고 힘든 거 정도는 솔직히 말할 수 있잖아요. 그게 맞는 거고!"

이제는 당당히 말하며 살기로 했다

이때만 해도 "네, 네, 네." 어른이라는 무게감이 주는 나름대로의 압박과 예의, 그리고 조심스러움이 엉켜 '착한 태도'라는 굴레에 바짝 갇혀 있던 내가 버럭 화를 내니 처음으로 그런 나의 모습을 본 덕분일까. 약간 놀란 듯한 표정의 짝꿍님은 한동안 말이 없었다. 그러나 잠시 후 이어진 짝꿍님의 말은 나로 하여금 화를 내기는커녕, 더 이상 아무 말도 할 수 없게 만들었다.

"엄마잖아. 엄마는 원래 그런 거야. 자식한테는 아홉을 주고도 하나를 못 줘서 열을 채워 주지 못한 걸 미안해하는 게 엄마야. 자식은 엄마한테 그런 존재이기 때문에 그 자식 때문에 어떤 힘든 일이 있어도 참는 게, 참아야 하는 게 엄마고."

엄마. 엄마. 엄마.
대체 이 땅의 수많은 자식들에게 그 이름은 어떤 존재일까. 엄마라는 사람이 가져야 하는, 견뎌 내야 하는 무게는 대체 얼마 만큼인 걸까. 정녕 '엄마'라는 이름 앞에 '나'를 위한 삶, 나를 위한 권리는 함께 공존할 수 없는 걸까?

#2. 인생 목표

밥을 먹고 차를, 마시고, 산책을 하고, 또 때로는 영화를 보며 문화생활을 함께 즐기기도 하고.

처음 만난 게 얼마 되지 않은 것 같았는데. 함께한 일들의 가짓수가 늘어 갈수록 우리의 시간도 더욱 깊어져 갔다. 그렇게 우리는 서로를 알아 가고 있었다(라고 쓰긴 하지만 때로는 아닌 것도 같다. 함께한 지 7년이나 된 지금까지도 여전히 각자에겐 서로가 미스터리한 존재로 여겨질 때가 훨씬 더 많기 때문이다). 서로의 삶으로 조금씩 더 깊이 스며들고 있었다.

그리고 그러한 시간들 가운데 지금의 우리 모습이 있기 전, 그러니까 협업강사로서의 동료 관계가 되기 전부터 짝꿍이는 종종 나에게 이런 말을 하곤 했다.

"권사님, 인제…. 이 나이쯤 되셨으면 인제 쫌…. 어느 정도는 본인 인생 사셔도 되지 않아요?"

그리고 이 말은, 이제는 아주 가끔씩이긴 하지만 2021년 현재까지도 여전히 진행형이다.

"~하지 않아요?"

이 얘길 처음 꺼냈을 때만 해도 분명, 다소 공손함이 묻어 있던 질문형 어투였던 것을 7년이라는 시간이 흐른 지금, 어쩌다 보니 삶 속 깊숙이 인권이라는 단어를 품게 된 지금에서는,

"아니~ 이제 좀 내려놓으라니깐요!" 반쪽짜리 말투에 명령어로까지 변화시키는 기적의 역사를 일궈 내는 수고도 마다하지 않으면서 말이다.

그건 그렇고, 도대체 내가 괜찮다는데 왜 지가 더 열을 내고 난리인지는 잘 모르겠지만, 6~7년 전 그때도, 그리고 지금도. 한 번씩 짝꿍이의 입에서 이런 말이 들려올 때면 그 말을 받아 치는 나의 대답은 언제나 딱 한 가지였다.

"뭘, 나는 지금까지 내 인생 잘 살았어."

그렇다. 나의 어떤 말들, 어떤 모습들로 인해 짝꿍이가 내게 저토록이나 안타까움을 품게 되었는지는 도무지 모르겠으나, 그게 어

떤 이유이든 정작 나 스스로가 '내 인생을 살지 못하고 있는 것 같다.' 생각해 본 적은 없었다. 그저 주어진 하루에 최선을 다하며 그역할을 잘 감당해 내는 것이 내겐 목표이자 전부였으니까.

#3. 삼베와 명주

"우라질년들. 저것들은 하나같이 그 많고 좋은 중매자리 내차더니 명주 고르려다 삼베 골랐어!"

내가 아직 처녀였던 때. 아들 둘에 딸 여섯. 반평생을 팔 남매의 복닥거림 속에 살아온 엄마가, 비혼주의자 한 명을 빼곤 모조리 연애결혼을 한 네 명의 언니들을 향해 늘 하던 말씀이었다.

그런데 웬걸. 엄마에게 때아닌 울컥증을 선사하면서까지 실컷연애결혼을 한 장본인들인 언니들이 나보고는 강력하게 중매결혼을 하란다. 심지어는 "막내 너는 몸도 약하니 결혼하지 말고 혼자살라."라는 권고를 하기까지.

"참 나, 자기들은 아버지한테 해방되려고 결혼해서 애까지 낳고 살고 있으면서 왜 나한테는 결혼하지 말라는 거야."

그런 언니들을 비웃으면서 나 역시 지금의 남편과 연애결혼을 했다.

'우리 아버지 같지 않은 남자'

내가 원하던 결혼 조건을 완벽하게 갖춘 남자였으니 적어도 언니들보다는 훨씬 더 성공한 결혼이었다.

국가적인 통금 시간이 밤 12시였던 때. 우리 집 딸들은 저녁 8시가 통금시간이었고, 어쩌다 보이지 않는 곳에 멍이라도 든 것을 알게 될 때면 "여자가 행동을 어떻게 하고 다니기에 그런 곳에 멍이 드느냐."라며 엄청난 언어적 고문을 당하게 되는 것은 물론, 행여 비슷한 또래의 남자가 우리 집 대문 앞을 서성대기라도 하는 날이면, 저녁 밥상머리에서부터 시작되는 딸들의 집합 훈육이 한 시간 이상 이어지는 것은 기본이었다.

어디 그뿐이랴. 사업을 한답시고 밤낮으로 집까지 빚쟁이들의 발길이 끊이지 않게 했던 것은 물론, 평생을 바람기로 엄마와 자식들 고생 무지막지하게 시켰던 사람. 그런 사람이 우리 아버지였다면, 내가 사랑한 남자는 이 모든 것과 정반대였다.

바람기라곤 눈을 씻고 찾아 봐도 없을 정도로 그지없이 착했던 사람. 당장에 가진 돈은 그리 많지 않았어도 대기업 사원이라 목구멍에 밥 들어갈 걱정은 안 해도 될 것 같으니, 없는 돈은 벌면 되는 거였다. 어찌 됐건 평생 빚쟁이들은 보지 않아도 되고, 더 이상 그 누구에게도 '술집 여자처럼 세련되지 못하고 후줄근하다.'라는 말 따윈 들을 일 없으니 이만하면 완벽한 결혼, 엄마가 그토록 바라던 삼베 아닌 명주가 틀림없지 않은가.

하지만 딱 거기까지. 삶의 거의 대부분이 늘 그렇듯 나의 결혼 역시 이상과 현실의 온도차는 명확했다.

신혼시절, 새신랑인 남편은 통금시간인 밤 12시가 아슬아슬하게 술에 취해 들어오기 일쑤였다. 어떻게 하면 이런 행태로도 통금에 안 걸리고 무사 귀환할 수 있는지. 그저 놀랍기만 했던 처음의 신기함이 두려움으로 바뀌는 데는 그리 오랜 시간이 걸리지 않았다.

문만 열면 와글와글 시끌벅적. 대가족 속에 살던 나에게 찾아온 혼자만의 어두움이 두려워서 울고, 그런 내 존재가 서글퍼서 울었다. 그럼에도 불구하고 결혼과 동시에 처음 갖게 된 독립적인 공간. 나만의, 우리만의 공간에 즐겁고 행복해하며 아이들을 낳고 키웠다.

때에 따라 먹이고, 입히고. 학교에 보내고, 군대에 보내고, 결혼을 시키고. 출산 후 다시 재취업을 한 딸을 대신하여 황혼육아를 전담하며 폭풍 같은 세월을 보내다 문득 돌아보니 어느덧 내 나이 육십이었다.

그리고 그렇게 정신없던 세월의 날들에 바뀐지도 모르게 바뀌어 있던 앞자리 숫자가 이제 막 익숙해질 무렵 만나게 된 지금의 짝꿍이는 되려, 내게 굉장한 화성인 같은 존재였다. 만남이 지속되면 지속될수록, 알면 알게 될수록 '어떻게 이런 사람이 있나.', '어떻게 이렇게 살 수가 있나.' 싶은 생각이 절로 들었다. 육십 평생에 만나 보지 못한, 나쁘게 말하면 (적어도 내 상식선에서는 도저히) 납득불가, 좋게 말하면…. 아…. 이건 아직도 모르겠는…. 한마디로 도무지 알 수 없는 인물이었다.

#4. 화성인 바이러스

7년 전, 짝꿍이를 만났던 첫 해의 어느 5월이었다.

매주 일요일이면 늘 정해진 시간보다 한참을 먼저 와 맨 앞자리를 차지하고 앉아 있던 그였는데, 어찌 된 일인지 벌써 몇 주째 통 보이질 않는다.

'다음 주엔 나오겠지.'

'주말이니까 어디 여행이라도 간 거겠지.'

문득문득 올라오는 궁금증을 눌러 담기를 몇 주 하고 또 며칠. 어쩐지 자꾸만 생각이 나기도 하고, 걱정이 되기도 하는 마음에 연락을 해 보니 몸이 좀 안 좋단다.

'가만있어 보자. 분명 혼자서 자취를 한다고 했던 것 같은데….'

전화를 끊고 보니 평소 가볍게 주고받던 대화 속 그의 말이 떠오른다. 서둘러 다시 전활 걸어 잠시 만나기로 약속을 한 뒤, 죽을 쑤고 간단한 몇 가지의 밑반찬을 챙겨 그를 만났다.

때마침 점심시간이겠다, 준비해 온 음식들도 있겠다, 그는 1인 가구이겠다. 어쩐지 모두가 예상 가능한 삼박자의 조건이 딱 갖추어져 있었지만 사적인 자리에서의 첫 만남부터 초대받지 않은 공간으로의 돌격은 엄연한 실례, 그리고 자칫 서로에게 부담이 될 수도 있는 일이었기에 준비해 온 음식들은 잠시 놓아 둔 채, 인근 패스트푸드점에 자릴 잡고 간단히 요기를 하며 조심스레 그간의 근황을 물었다.

잉? 그런데 이게 웬일인가.

'그건 모르셔도 돼요.'
나이든 사람이 조금만 깊게 개입을 할라치면 딱 잘라 입을 다무는 요즈음의 젊은이들 같지 않게 내가 궁금해하던 최근 몇 주간의 근황부터 어려서 겪은 부모님의 이혼, 이혼 후 변화된 가정 환경에 채 적응을 하기도 전에 "네가 필요할 때 알아서 쓰라."라는 말과 함께 쥐어진 통장과 카드로 물질의 어려움은 없었지만 한 번도 찾아와 보질 않아 초등학교 5학년 시절부터 혼자 살다시피 했다는 자신의 성장 배경까지. 중간 중간 차오르는 눈물을 닦아 내면서도 술술술. 의외로 순순히. 쉽게 하기 힘든 이야기들을 꺼내 놓는다.

'왜지?'

요즈음의 젊은이들에게선 도통 보기 힘든 그 솔직함이 신선했다. 그러나 한편으론 당혹스러웠다.

'속 깊은 얘기를 한 번 나눠 본 적도 없는 내게 이렇게나 솔직하다니.'

너무 많은 것을 듣고 나면, 알고 나면 아예 연락 두절을 하게 되지 않을까. 일말의 부담감이 차오르는 것도 사실이었다. 일단 여기까지. 몸도 안 좋으니 일찍 들어가 쉬라는 말과 함께 준비해 간 음식들을 손에 쥐여 주니 한참을 움직이지 않고 눈물을 훔친다.

'많이 힘들구나. 많이 외롭구나….'

뒤돌아 오는 내내 묵직한 바윗덩이 하나가 얹어진 듯 마음이 무겁고 또 무거웠다.

#5. 사용설명서

그 후.

"건강할 때일수록 잘 챙겨 먹어야 다시 아프지 않게 되는 거야."

여느 때와 같은 평범한 안부로 우리의 '톡교제'가 시작되었다.

　— 그래도 하루에 두 끼는 먹어야지 @$@#!%$#^*···.

　— 여름이라도 비가 와서 집이 습할 테니까 잠깐씩이라도 보
　　일러를 켜 두면 도움이 될 거야.

주된 대화 내용은 이것저것 잡다한 잔소리가 섞인 일상의 조언. 숫자적인 나이는 이십 대 성인이라곤 해도 너무나 어린 나이부터 등 떠밀려 시작된 독립이었던 탓에 아직은 여기저기 챙김의 필요가 묻어나던 그에게 내가 할 수 있는 최소한의 챙김이었다.

그런 날들이 얼마나 더 지속된 뒤였을까. 나는 나대로, 짝꿍이는 짝꿍이대로. 각자의 공간에서 만나는 메신저를 통해 대화를 주고

받던 어느 날이었다.

　　— 저기… 뭐 하나 물어보고 싶은 게 있는데요. 이런 거 물어봐
　　　도 될까요?

　　좀 아까까지는 온갖 이모티콘과 키읔(ㅋ)폭탄을 투척하며 신나게
좋알대던 짝꿍이었는데, 이번에는 뜬금없이 질문을 던지겠단다.

　　— 뭔데?
　　— 사실 7년 정도 고민하던 건데요. 딱히 물어볼 사람이 없어
　　　서요.

　　비록 문자상이었지만 무언가 엄청난 무게가 실린 진지함이라는
게 확 느껴졌다.
　　'아…. 이건 또 뭐지? 초등학교 5학년 때부터 혼자 살았다더니
말 못할 고민이라면…. 혹시 성폭행이라도 당한 건가? 아니면 출
산 경험?'
　　나야말로 순식간에 온갖 고민거리가 머릿속을 떠다녔다. 그러나
뭐 어떡하나. 일단은 고민이라고 먼저 선수를 친 사람의 얘기부터

들어 봐야지.

　—얼른 말해 봐. 일단 들어 보고 고민인지 아닌지 결정하자.

　제발 내 힘으로 감당 못할 일들만 아니기를 간절히 바라면서 의연하게 답을 했다. 말은 그렇게 했지만 그 짧은 순간, 두 눈은 뚫어져라 휴대폰을 응시한 채 몇 번이나 마른 침을 삼키고서야 돌아온 짝꿍이의 답.

　—저…. 그게요…. 세탁기 돌릴 때 섬유유연제는 언제 넣는 거
　　예요?

　???

　??????

　!!!!!!!!!!

　—야! 너 죽을래?

— 아니 그게 아니고요. 진짜 몰라서 묻는 거예요.

— 아휴 이걸 진짜!

그래. 일단 별일 아니니 됐지 뭐. 놀란 가슴을 애써 진정시키고, 섬유유연제는 세탁 헹굼 코스 마지막에 넣으면 된다고 친절하게(?) 그의 고민이란 걸 해결해 주다 보니 혹시나 내가 사용하는 제품과 기종이 다를 수도 있겠다는 생각이 번뜩 스쳐 간다.

— 세탁 방법이야 크게 다르지 않겠지만 어쨌든 이건 지금 내
   가 쓰고 있는 세탁기를 기준으로 알려 준 거니까, 일단 사용
   설명서를 찾아서 먼저 읽어 보렴.

— 세탁기도 사용설명서가 있어요??

이건 또 무슨 황당무계한 얘기란 말인가. 이젠 놀랄 힘도 없다.

— 크든 작든 사람 손으로 만들어 낸 물건에는 사용설명서가
   있는 거야. 그 물건을 어떻게 사용하는 건지는 만든 사람만
   알 거 아니니.

— 아~ 그렇구나~! 처음 알았네. 감사합니다! 진짜 감사해요.

겨우 세탁 방법 한 번에 신대륙을 발견하기라도 한 것처럼 기뻐하던 그. 몇 번이고 진심을 담아 하던 감사 인사에 그저 어이없는 웃음과 함께(솔직히 이게 이토록이나 큰 사이즈로 감사할 일은 아니잖은가) 안도의 한숨을 내쉴 수밖에 없었던 이 날. 하지만 이게 끝이 아니었다. 그렇다. 이 날을 기점으로 짝꿍이의 호기심천국은 끊임없이 이어졌다 쭈욱~

#6. 머릿속의 물음표

어느새 껑충 흘러간 시간을 따라 한 낮에도 제법 쌀쌀함이 살갗을 스치던 가을의 중기. 아무리 실내라지만 집안을 감도는 차가운 공기는 이제 난방을 켤 때가 되었다는 신호인 것 같은데, 집 주인인 짝꿍이는 도통 움직일 기미가 안 보인다.

"이제 난방 할 때가 되지 않았니? 난방 좀 올리자."

(이 무렵의 우리는 서로의 집엘 왕래할 정도의 친밀감과, 서로에 대해 일정 부분의 신뢰감

이 형성된 사이로 발전되어 있었다.)

   그리곤 일어나서 보일러의 조절기를 돌리니 옆에 있던 짝꿍이. 아무 말도 없이 그런 내 모습을 빤히 바라보고 서 있다.

   '혹시 겨울철에는 상대적으로 큰 폭을 차지하는 난방비 때문에 벌써부터 난방을 가동시키는 게 부담스러운가?'

   행여 나의 저돌적인 행동이 본의 아닌 실수가 되었을까 봐, 나 역시 조용히 짝꿍이의 모습을 응시하고 있노라니. 그럼 그렇지. 빤히 쳐다보던 두 눈을 깜빡이던 짝꿍이는 어김없이 허를 찌르는 질문을 내놓는다.

   "아…. 그걸로 이렇게 따뜻하게 할 수 있는 거예요?"
   "전에 살던 집이 혹시 전체 난방이었니?"
   "모르겠어요. 그건 모르겠고, 겨울 돼서 날 추워지면 그냥 옷 여러 개 겹쳐 입고 점퍼 입고 잤었어요. 이렇게 조절하는 게 있는 줄 몰랐어요."
   "…."

'밥'을 먹는 제대로 된 식사는 하루에 한 끼. 나머지 끼니는 과자나 콜라, 커피. 여타의 주전부리들로 때우는 게 당연하고,

"어차피 똑같이 거품 나는데 뭐 하러 구분해서 써요, 귀찮게. 이 거품이 그 거품이고, 그 거품이 이 거품이지."

헤어샴푸 하나로 얼굴은 물론, 머리부터 발끝까지 다 씻어 내는 게 대체 뭐가 문제냐는 듯 자연스러운 당당함, 음식물 쓰레기 나오는 거 귀찮고, 깎기 힘들어서 과일은 무조건 껍질부터 씨까지, 생선은 가시까지. 치킨도 어지간한 뼈는 만사 오케이인 그의 삶은 대체 어떤 형태였던 걸까? 그런 그의 옆에 있던 사람들은 대체 어떤 사람들이었을까?

참 이상하다. 본래 사람과 사람, 그리고 만남과 관계라는 게 처음은 낯설고 어색해도, 잘 몰라도. 거듭될수록,

'아~ 이 사람은 이런 사람이구나.'

조금씩이나마 상대를 이해하고 고개를 끄덕이게 되기 마련인데. 단 한 사람. 지금의 짝꿍이에게는 도통 적용되지 않는 이치인 것 같았다. 그의 입을 통해 듣게 되는 여러 말들로 점점 그를 알아 갈 수록, 지나온 그의 삶을 더욱 깊이 있게 알게 될수록. 머릿속에 양

산되는 셀 수 없을 만큼의 물음표와 고구마를 열댓 개쯤 먹은 듯한
가슴 속 답답함은 나를 점점 더 미궁 속으로 빠져들게 하기에 충분
했으니 말이다.

#7. 엄마라는 이름으로

아오…. 도대체 얘는 앞으로 날 얼마나 더 놀라 자빠지게 할 작정
인지. 이번엔 또 빚이 있단다.

'아직 이십 대 초반밖에 안 됐는데 빚이라니. 그 금액은 또 얼마
란 말인가. 아니지. 일단 정말 빚이 있다면 금액이 얼마든 간에 갚
아야 하고, 빚을 갚을 돈을 벌려면 일을 해야 하는데, 장애를 가진
이 아이가 할 수 있는 일이 과연 몇 개나 될까.'

이게 벌써 몇 번째인지. 무슨 마인드맵도 아니고 '빚'이라는 단어
하나에 끊임없이 연상되는 현실적인 전망들에,

"아휴….""

나도 모르게 지친 한숨을 한껏 내뱉으니 눈치를 챈 짝꿍이가 잽
싸게 말을 받아 이어 간다.

"아니, 아니. 제 빚이 아니고, 엄마 빚. 우리 엄마가 진 빚이요."

아, 엄마 빚에 대한 얘기였어? 그럼 일단 안심. 앞 뒤 상황이 뭐가
됐든 일단 타인의 명의로 된 빚이라면 본인에겐 갚을 필요도 의무
도 주어지지 않으니까.

"그런데 엄마가 진 빚을 왜 네가 걱정하니? 어차피 엄마는 돈만
주고 오랫동안 연락도 안 했다며. 왜? 앞으로 돈 못 받을까 봐?"
"아니 그게 아니고요…."

지금껏 내가 먼저 묻지 않아도 줄줄줄. 마치 수도꼭지를 틀듯 기
회가 될 때마다 자신이 지나온 삶에 대한 이야기들을 가감 없이 쏟
아 놓던 그였는데, 여느 때와 달리 한참 동안이나 더 뜸을 들인 뒤
에야 어렵사리 말문을 연 짝꿍이로부터 듣게 된 사건의 전말(?)은
이랬다.

대학을 졸업할 무렵에서야 알게 되었다는 어머니의 사업 실패. 그로 인해 생긴 수억 원대의 빚을 두고,

"내가 이렇게 수억 원대의 빚을 지게 된 것은 장애인인 딸 때문에. 딸이 장애를 가지고 있어 그 딸의 병원비와 수술비, 대학 등록금, 그리고 딸이 요청해 사 준 수입차 등등. 신체적인 장애가 있기 때문에 이 모든 필요를 안 채워 줄 수가 없어서 쓸 수밖에 없었던 돈."이라 진술한 어머니로 인해 채권자들의 분노는 모두 짝꿍이를 향해 있었던 것.

이로 인해 짝꿍이는 매일마다 "이제 대학도 졸업했으니 네 엄마 빚은 네가 취업해서 다 갚아라."라는 말과 함께 얼굴도 모르는 이들의 고성을 동반한 빚 독촉에 시달리고 있었고, 그 원인으로 점점 더 심해지는 공황발작. 이 와중에도 살아야 하니까 붙들고 버텨야 하는 재택 업무까지. 이 모든 상황이 가면 갈수록 자신을 조금 지치게 만든다는 것이었다.

참 나, 이건 또 어디서 온 귀신 씨나락 까먹는 소리인가. 그야말로 기가 막히고 코가 막힐 노릇이었다. 육십 평생의 인생 경험 속에서도 듣지도, 보지도 못해 왔던 일들이 그의 입을 통해 날마다 내

앞에 펼쳐진다. 어린 나이에 육체적인 장애까지 동반한 그가 이렇게나마 살아 내고 있는 게 신기할 지경이었다.

그리고 혼란스러웠다. 아까도 말했지만 이게 벌써 몇 번째 에피소드인지. 이건 뭐, 영화보다 더 영화 같고 드라마보다 더 드라마 같은, 내 평생에 직접적으로도 간접적으로도 절대 겪어 보지 못한 일들에 내가 어디까지 개입할 수 있을까. 상당히 고민되는 지점이었다.

아무리 생각을 하고 또 해 봐도 법률적으로 직접 개입할 수는 없는 노릇이었다. 그에게 매일 독촉을 하는 채권자들이 과연 몇 명이나 될는지는 모르겠지만, 전부 한 곳에 모아 두고 그들의 인정(人情)에 매달려 볼까도 생각해 보지 않은 건 아니었다.

하지만 그래 봤자 어차피 피 한 방울 섞이지 않은 생판 남인 나는 그들 눈엔 그저 '남의 일에 끼어들기 좋아하는 오지라퍼' 정도로 비추어질 게 분명했다.

무엇보다 그가 엄마 대신 독촉에 시달리고 있다는 채무 액수는 수천만 원도 아닌 수억 원. 그렇다면 이 사태의 장본인인 그의 모친이 생존해 있는 동안은 이런 일이 한 번으로 끝나지 않는다는 것은 불 보듯 뻔한 일이기에 짝꿍이 역시 어느 정도의 자생력을 키워 둬야 할 것 같았다. 이런 저런 고민과 생각으로 매일 밤마다 낯설기만 한 인터넷을 뒤적거리기를 며칠. 마침내 모아진 이론적 지식을 차근차근 그에게 일러 주기 시작했다.

"소나야, 잘 들어. 원래 부모가 진 빚은 그 부모가 사망하기 전까지 자식이 갚아야 할 의무는 없는 거야. 혹여 사망을 했다 하더라도 '상속 포기 각서'를 작성하면 그나마의 갚을 의무마저 없어지게 되는 거지.

그러니까 앞으로는 그게 누구든 빚 독촉에 관한 전화가 오면 '부모가 진 빚은 부모가 사망하기 전까지 자식이 대신 갚아야할 의무는 없다. 더구나 밤 8시 이후에 집엘 찾아오거나 독촉 전화를 하는 것은 엄연한 위법이다.'라는 얘기와 함께.

"대학교는 4년 동안 장학금으로 다녔고, 난 지도 인식의 필수 요소인 공간지각능력이 부족한 사람이라 운전을 할 수 없다. 고로 당신이 알고 있는 수입차는 나를 위해서 구입한 게 아닐뿐더러, 난 운전대 한 번도 만져 본 적이 없다.' 하고 분명하게 말할 수 있어야

이제는 당당히 말하며 살기로 했다

해. 무조건 네, 네, 네 하면서 상대에게 끌려가지 말고 네가 먼저 사태에 대한 입장을 확실히 표명해야 이 상황에서 자유로워질 수 있는 거야.

만약 이런 얘기를 했는데도 상대방의 협박이나 독촉이 계속해서 이어지면 즉시 경찰에 신고하고, 나한테도 꼭 연락해야 해. 알겠니?"

"네."

몇 번을 반복하고 또 반복하며 신신당부를 했다. 그리고 그 후, 다행히도 그는 내가 일러 준 대로 잘 대처했고, 수화기 너머의 채권자들은 고맙게도 말귀를 잘 알아들어(?) 주었다.

그렇게 빚 독촉은 사그라들었고, 드디어 하루 수십 통의 전화에서도 해방! 짝꿍이도 이제 자유를 찾은 듯 보였다.

하지만 짝꿍이를 향한 내 마음의 안타까움은 여전했다.

중 · 고등학교 때 넘어지고 자빠져 종종 입원을 하게 될 당시에도 얼굴 한 번 비춰 보지 않을 정도로 나 모르쇠였지만, 다름 아닌 경제적인 부분에서만큼은 지원을 아끼지 않았기에 금전적으로는 늘 풍요로웠던 그.

하지만 그 돈이란 걸 적절히 쓰고, 관리하고, 사람과 사람 사이 올바른 관계를 맺고 유지하고. 성장 과정에 있어 보고, 듣고, 배워 가며 자연스레 알게 되고, 습관으로 형성되는 이른바 '가정 교육'이 온전히 이루어지지 못한 탓에.

그래서 때에 따라 힘들면 힘들다, 어려우면 어렵다. 적절히 말하고 도움을 요청하는 방법을 배울 길이 없었던 과거의 행적들이 성인이 된 지금, 공황장애라는 결과물이 되어 그를 괴롭히고 있는 건 아닐까.

그간의 이야기들을 곱씹으면 씹을 때마다, 무엇보다,

"외출을 하려고 하면 문 밖에 누군가가 지키고 있는 것 같아서 문을 잘 못 열겠어요."
"밖에 나갔다가 집으로 들어갈 때면 문을 열면 누군가가 집 안에 있을 것만 같아서 문을 잘 못 열겠어요."

쉴 공간이 있어도 편히 쉬지 못한 채 여전히 시달리고 있는 그의 모습이, 집도 밖도 어느 곳 하나 안전지대로 두지 못한 채 홀로 고군분투하고 있는 그의 모습이 그저 안타까울 따름이었다.

이제와 휙 놓아 버릴 수도 없고, 그렇다고 더 꽉 붙잡을 수도 없는 상황에 매일 매일이 고민의 연속이었다. 더 이상은 생각하지 않겠노라, 설레설레 고개를 저어 봐도 어느새 다시 원점. 내 마음에서 쉽사리 사라질 생각 따위 하지 않는 고민의 물꼬가 꼬리에 꼬리를 물고 이어져 잠 못 드는 날이 계속 되던 어느 새벽. 마침내 난 지금의 짝꿍이에게 한 통의 메시지를 보냈다.

—소냐야….

잠을 안 잔 건지 못 잔 건지. 여하튼, 메시지를 보내기가 무섭게 확인을 한 짝꿍이에게서 1분도 안 되어 답장이 왔다.

—왜 안 주무셨어요? 어디 아프세요?

—소냐야…. 너 내 딸 할래?

—권사님…. 왜 그런 말씀을 하세요. 지금도 부모나 진배없이
돌봐 주고 계시면서….

—내 딸 하자. 다른 건 못 해 줘도 엄마가 되어 줄게.

우리는 울고 있었다. 안전지대는 되어 줄 수 없어도 최소한의 지지대는 되어 줄 수 있다, 되어 줘야겠다. 결심한 어느 가을 새벽이다.

#8. 갑자기, 어쩌다 보니

하핫. 가만 보니 이건 뭐, 전혀 의도한 바 없이 〈인간극장〉이나 〈현장르포 동행〉을 능가하는 한 편의 휴먼 다큐를 연출해 내 버린 셈인데. 그래서 이렇게 있는 그대로의 삶 자체가 이미 한 편의 이야기가 되어 버리는 우리는 대체 언제, 어디서, 어떻게 만났냐고?

책의 내용을 여기까지 훑는 동안 이미 앞 지면의 활자들을 통해 눈치를 챈 분들도 있겠지만, 결론부터 말하자면 우리의 첫 만남은 교회에서부터였다.

"두 분은 어디서 만나셨어요?"

사실 이 질문은 아직도 교육의 말미 참여자들과의 질의응답의 시간을 포함해 여러 곳에서, 여러 사람에게 왕왕 듣고 있는 말이기도 하다. 그 뒤 "교회에서 만났다."는 우리의 대답이 이어지면 십중팔구가 "아~"

뭔가 알겠다는 표정, 이제야 퍼즐이 맞춰진다는 표정이다. 물론 그들은 앞에서 언급했던 우리의 내막에 대해서는 그야말로 1도 모르고 있는 상황인데도 말이다.

예측컨대 우리의 대답을 듣는 순간 아마 머릿속에서는 '당신은 사랑받기 위해 태어난 사람~♬' 뭐 이런 BGM이 자동으로 재생되고, 두 팔 벌려 온 인류를 사랑으로 감싸고 있는 예수님의 형상화가 그려지기라도 했던 게 아닐까? 아마 머릿속에 물음표가 백만 개쯤 채워졌다 사라졌을 지금 이 글을 읽고 있는 여러분들 역시 이미 지나온 관문⑺일지도 모를 일이지만.

하지만 한 가지 확실한 건 그저 우리 두 사람이 알게 된, 처음 만났던 장소가 교회였을 뿐. 그곳에서의 관계 형성의 시작은 여러분이 무얼 상상하든 그와는 전혀 다른 상황이었다는 거다.

음치에 박치, 악보라고는 도레미파솔라시도의 음계 정도를 읊을 수 있었던 게 전부였던 내가 어쩌다가 덥석 성가대라는 그룹에 속하게 되었는지. 당시 유일한 또래 친구의 엄마였기에 데면데면 인사 정도를 하고 지내던 한 집사님의 "예배시간에 보니까 목소리도 좋고 찬양도 잘하던데, 우리 같이 성가대 하자."라던 이 말이 그냥 인사치레인 줄로만 알고 "네." 예의상 던졌던 대답에, 그길로 곧장 손 붙잡혀 투입된 것이 이유라면 이유일 것이다.

그나저나 지금 이 대목에서는 내가 어떻게 성가대원이 되었느냐가 중요한 게 아니니 이 얘기는 여기서 패스. 여하튼 그렇게 만나게 된 성가대의 알토 영역 파트장, 지금의 짝꿍님 이옥제 권사님은, 뭐랄까… 알면 알수록, 보면 볼수록 반전에 반전을 소유한 분이었다.

지긋한 삶의 연륜이 묻어나는 모습에서 뿜어내던 고고, 그리고 도도함과는 달리 "하하하하."

저 세상 텐션을 풀장착한 호쾌함으로 전 세대를 아우르는 친화력을 발산함은 물론, 그 친화력이 바탕이 된 이유에서인지 가끔은 여기저기 날려대던 팩트 백 퍼센트 돌직구에 (그렇다고 막 기분이 나쁘지도 않게 적당한 유머러스함을 갖춰) "권사님, 그렇게 돌직구 날리셔도 돼요?"

옆 자리에서 놀란 토끼눈이 되어 바라보던 내게 "그래? 좀 돌직

구였나? 근데 나 원래 그래."

한 마디로 깔끔하게 상황을 정리하고 다시금 세상 유쾌하게 이 곳저곳을 누비던, 아무튼 이제껏 내가 알던 소위 '60대의 어른'이라 는 키워드 앞에 떠올리던 여러 이미지(그 이미지가 무엇인지는 여러분들의 생각과 상상에 맡기겠다)들과는 전혀 상반되는 분이 틀림없었고, 난 그게 좋았다.

공황장애도 공황장애지만 타고난 성격 자체가 워낙 낯을 많이 가리는지라, 누군가와 밀접하게 친밀해지기 전까지는 그 어떤 자 리, 그 누구의 어떤 말에도 시종일관 무표정을 유지하는 나인데.

"크크크큭….".

일주일에 한 번, 짝꿍님의 옆에서는 어느새 숨죽여 웃느라 출렁 이는 뱃살을 부여잡고 있는 것은 물론, 그 모습이 레이더망에 포착 되기라도 할 때면,

"야, 웃으려면 크게 웃어. 그래야 다 같이 즐겁지."

어김없이 날아드는 짝꿍님의 돌직구에 "와하하하."

어느새 모두와 함께 큰 소리로 웃고 떠들며 그 상황을 즐기고 있는 내 모습이, 내가 생각해도 그저 신기할 따름이었다.

그렇게 즐거워서 좋고, 무엇보다 혹여 나 혼자만의 생각일지언정, 지금껏 나를 대하던 그 어떤 사람들과 달리 나를 장애인이 아닌 있는 그대로로 대해 주는 것 같은 그 시선, 그 느낌이 좋았다.

'사람의 마음을 사로잡아 끄는 힘'이라는 사전적 정의의 매력이란 게 바로 이런 걸까? 아무튼 여하를 불문하고 재밌고 즐거워서 함께하는 시간이 마냥 좋기만 했던 무렵. 갑자기 찾아온 몸살에, 갑자기 갖게 된 개인적인 만남, 그리고 갑자기 툭 튀어나오던 속 얘기들. 뭐 이런저런 생각지 못한, 의도치 않은 갑작스런 상황들은 그야말로 어쩌다 보니 어느 틈에 우리 두 사람의 관계가 급속도로 더욱 깊어질 수 있는 촉진제가 되어 버린 것이다.

이제는 당당히 말하며 살기로 했다

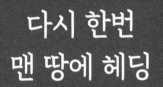

다시 한번
맨 땅에 헤딩

#1. 밀당

하지만 이변은 없었다. 하긴, 여기까지가 이미 그 어느 소설보다 더 소설 같은 이야기로 빼곡히 채워졌는데. 이보다 더하다고 끼어들 수 있는 일이 또 무엇이겠는가.

서로에 대한 안타까운 마음 역시 한낱의 감정으로 간직될 뿐. 이후의 삶은 또 그저 그렇게 단조롭고 평범했다. 지극히 당연한 일이겠지만, '세대를 초월한 두 사람의 우정을 귀히 여겨 서로를 생각하는 마음에 부합한 놀라운 일들이 펼쳐졌다!' 뭐 이런 동화 같은 이야기는 더 이상 없었다는 거다.

그렇게 평범했던 하루의 또 어느 날. 늦은 오전, 느지막이 일어나 부비적부비적. 상체의 3분의 1을 제외한 몸뚱아리는 여전히 이불 속에 맡긴 채 스마트폰에 고정된 눈과 손만을 꼬물대며 나름의 뭘~닝(Morning) 뉴~스!를 탐독하고 있던 중이었다.

그런데 그렇게 한참을 여러 포털사이트들을 넘나들며 분야를 가리지 않고 주요 정보들을 섭렵(?)하던 나의 눈을 사로잡는 기사 하나가 있었으니. 바로 〈제1기 장애인권강사 수강생 모집〉이라는 제목이 대문짝만하게 쓰여 있던 기사였다. 그리고 그 기사의 내용은 아래와 같았다.

제1기 장애인권강사 양성과정 교육 수강생을
모집합니다.

…(중략)…

- 모집 대상: 장애인권에 관심이 있으며 추후 인권강사로의 활동을
희망하는 장애인·비장애인 누구나

.

.

(이하 생략)

순간적으로 눈을 의심했다. 만약 이게 맞다면, 정말 정확한, 확실한 정보라면 마음속으로는 간절히 갈망한, 그러나 실현할 방법을 몰라 벌써 1년여를 묵혀 두기만 한 기회가 찾아온 거였다. 혹시나

잘못 봤을까 싶어 눈을 비비고 재차 확인해 봐도 동일한, 제대로 본 내용이었다.

장애인권에 관심이 있는 장애인과 비장애인 누구나라니. 1년 전, 그야말로 맨땅에 헤딩으로 다시없을 호된 신고식을 치르며 누가 먼저랄 것도 없이 "도대체 인권이 뭘까?"

하루에도 열 번, 스무 번. 끊임없이 자문자답을 해 댔으니 관심이야 두말하면 잔소리고, 교회 내 각종 행사 때는 물론, 그 누구 앞에서도 파워가 당당하게 화려한 언변을 자랑하는 짝꿍님의 모습이 오버랩되며 모집 대상의 요건마저 딱 우리를 위한 것이라는 생각이 절로 들었다.

"와아아아악!"

아직 신청서의 ㅅ도 만나 보기 전인데 왠지 뭐가 되기라도 한 것같이 한껏 차오르던 기쁨은 나를 한바탕 포효(?)하게 하기에 충분했다.

그때.

삑. 삑. 삑. 삑. 삑. 삑-

　순간적인 감정에 너무 심취해 미처 데시벨 조절에는 신경 쓰지 못한 탓에 나의 이 기쁨이 현관을 타고 널리널리 퍼져 나갔나 보다. 점심을 함께하기로 해 집으로 온 짝꿍님이 현관문을 열고 들어섬과 동시에 깜짝 놀라며 묻는다.

　"이게 무슨 소리야? 무슨 일 있어?"
　"있죠. 있죠. 완전 있죠. 우리 이… 인권강사…."
　"야, 야, 야. 그러다 숨넘어가겠다. 좀 천천히 알아듣게 이야기해."

　아, 그래. 나 지금 좀 흥분했다. 짝꿍님의 제지에 그제야 천지분간 못하고 날뛰던 시속 160km 마음의 속도를 서서히 낮추며 잠시 숨을 고른 뒤 다시 천천히 자초지종(?)을 설명했다.

　"그니까, 우리도 인권강사 한번 같이 해 보자고요."
　"뭐? 뭐, 뭔 강사?"
　"인권강사요. 아, 왜~ 예전에 동화책 작업할 때, 그 기획 위원 중에 인권강사란 사람들 있었잖아요."

"아우…. 아서라 아서. 강사는 아무나 하냐? 더구나 인권강사라
니. 야, 인권이란 말은 이제 생각도 하기 싫다."

흐…. 내 이럴 줄 알았다. 아무리 경험보다 값진 건 없다지만 반
평생에 처음, 영문도 모른 채 해야 했던 이른바 '사람경험'은 짝꿍님
에게 꽤나 큰 생채기가 되었나 보다. 그야말로 아닌 밤중에 홍두깨
같은 나의 제안에 한 번에 오케이를 할 거라곤 당연히 생각하지 않
았지만, 예상보다 훨씬 더 완강한 짝꿍님의 태도에 살짝 당황을 했
던 것도 사실이다.

흐흣. 그렇다고 물러날쏘냐. 낯선 사람이나 낯선 공간, 또 예기
치 못한 상황에서 말문이 닫혀 묵비권을 행사할 때는 한정이 없다
가도, 그와 반대인 상황에서 입이 열리기 시작하면 또 주체할 수 없
는 방언이 터지곤 하는 나는, 그 당황함도 잠시. 곧 다시 한 번 짝꿍
님에게 나름의 타당성을 갖춘 논리를 펼쳐 내기 시작했다.

"…(중략)… 우리가 그렇게 멘탈 털린 인권, 우리가 한번 제대로
배워서 제대로 전달하는 사람 되어 보자고요.

그리고 솔직히 이게 진정한 장애인권교육 아니에요? 맨날 천날

'장애인도 비장애인과 똑같은 사람이다. 차별하지 말아라.' 말로만 할 게 아니라 무엇이 함께하는 건지, 그 방법은 어떤 건지 우리가 직접 보여 주고 가르쳐 주자는 거죠. 엄밀히 말하면 그 사람들도 그 방법을 몰라서 우리한테 그렇게 하면 안 되는 실수를 했던 거잖아요."

이건 뭐, (내가 생각해도) 순간적으로 〈쇼미더머니〉를 방불케 했던 화려한 입담에 감탄을 한 건지, 아니면 기가 막혀 말을 잃은 건지. 나의 속사포 랩을 고스란히 듣고도 한참 동안이나 아무 말이 없던 짝꿍님은 마침내 입을 열며 내게 말했다.

"야, 제발 밖에 나가서 다른 사람들 앞에서도 그렇게 말 좀 잘해 봐라. 맨날 나한테만 그렇게 와다다다 쏘아 대지 말고."

어? 이게 아닌데. 방어할 틈도 없이 정곡을 찔려 버린 나는 뜨끔. 잠깐 할 말을 잃고 말았다. 하지만 그도 잠시. 곧 나의 약점이자 이 키워드를 빌미 삼아 (내 딴에는) 조금 더 강도 높은 2차 대응을 시작했다.

"아니, 그러니까 일단 같이 해 보자고요. 같이 뭘 해야 내가 남들

앞에서 말을 잘 하는지 안 하는지 볼 수 있을 거 아니에요."

"웃기고 있네. 지금까지는 뭐, 한 번도 안 봤고?"

"아니, 그래도. 더 많이 자주 하다 보면 더 나아지겠죠. 아 몰라요, 일단 같이 해요."

"됐어. 안 해."

"아, 일단 해요. 시도는 해 볼 수 있잖아요. 근데 좋을 것 같지 않아요? 장애인과 비장애인이 함께하는 장애인권교육. 크~ 뭔가 멋지지 않아요? 벌써 삘~이 딱 오는데?"

사실 이 모든 말의 처음 시작은 그저 짝꿍님의 설득을 위해 되는 대로 내던지는 아무 말에 불과했었다. 하지만 나 또한 말을 하면 할수록, 이 상황에, 이 한 마디마디에 진심이라는 걸 스스로 느낄 수 있었다. 왜인지는 몰라도 왠지 그래야 할 것 같았다.

무엇보다, '장애인과 비장애인이 함께하는 인권교육.'

잘은 몰라도 이게 바로 올바른 인권의 형태, 그리고 우리 모두가 이렇게 살아가는 것이야말로 나를 비롯한 수많은 장애인 당사자들이 그토록 외치는 진짜 '더불어 사는 세상'의 모습이라는 생각이 들었다. 하지만 그와 반대로 나의 어떤 말에도 짝꿍님은 완강했다.

이제는 당당히 말하며 살기로 했다

"아 됐다고, 그렇게 멋있는 거 너 혼자 하라고. 이 나이에 강의는 무슨 강의며, 강사라는 직함이 나한테 가당키나 하냐?"

"아니, 왜요~ 인권. 말 그대로 인간의 권리와 가치를 이야기하는 데 나이가 무슨 상관이에요. 오히려 오래 산 연륜이 필요하면 필요했지."

와, 웬일로 나 말발(?)이 좀 받는 듯?! 우리가 이 도전을 함께해야 하는 이유에 대한 타당성 제시했지, 나이 방어했지. 이쯤이면 이제 그만 수락을 해 줄 만도 하건만. '말도 안 되는 소리'라는 짝꿍님의 입장은 여전했다.

하지만 기왕 이렇게까지 마음먹은 거, 이번만큼은 나 역시 쉽게 물러날 수가 없었다. 물론 겨우 12주간의 수강 과정을 통해 우리 두 사람이 진짜 내가 이토록 힘주어 말하는 인권강사라는 직함을 달 수 있을 거라는 확신과 자신이 있을 리 없었다.

그래도 시도는 해 볼 수 있는 거였다. 솔직한 심정으로는 강사라는 최종 목표 전, 함께 도전하는 것에 1차적인 의의를 두고 싶었다. 결과야 나중일이라 할지라도 일단 함께 공부하고 함께 고민하는 과정을 통해 우리가 그토록 밟히고 차인 인권이라는 단어를 우리의 말로 간직할 수 있게 된다면. 이 또한 더 없이 귀하고 값진 소득이 아니겠는가.

"해요."

"안 해."

"해요."

"싫어."

"아니, 우리 둘 다 혼자 하는 거 아니잖아요. 같이하면 된다니까요?"

"얘가 진짜 왜이래. 같이는 뭘 같이야. 너나 하라고."

한 치의 양보도 없는 팽팽한 밀당이 몇 번이나 더 오고 간 뒤였을까. 마침내 나의 무대뽀 공격에 방어를 하다 못한 짝꿍님의 항복 선언이 이어졌다.

"아니, 일단은 같이 해 보기라도 해요. 하다가 힘들고, 하다가 안 되면 포기할 수도 있는 거잖아요."

"아, 그래, 그래. 알았어. 너 알아서, 너 하고 싶은 대로 해."

"오? 진짜? 진짜? 그럼 접수한다? 우리 둘 다 신청서 접수해요?"

"아, 그만 물어보고 너 알아서 하라고!"

오~케이 접수 완료! 그렇게 우리 두 사람의 장애인권강사 입문기가 시작되었다.

#2. 모르는 게 약

"혹시 장애인권강사 학원 같은 게 있나요?"

초등학교 6학년 대상 장애인권교육이 있던 날. 교육의 마무리, 질의응답 시간을 통해 받게 된 한 여학생의 질문에 피식. 바쁘다는 핑계로, 이제 다 옛날 일이라는 이유로 한동안 기억 저편에 밀어 두고 지낸 몇 년 전 그때가 떠오르던 순간이었다.

어디서 무슨 얘길 들은 건지, 또 무슨 작당을 꾸미고 있는 건지. 뜬금없이 장황하게 늘어놓던 짝꿍이의 뚱딴지같은 얘기에 마지못

해 수락을 하면서도,

'말도 안 되지. 이 나이에 내가 무슨 이름 걸린 일을 하겠어.'

마음속으로는 이미 암묵적인 결론을 내려놓은 상태였다.

단지, 인권. 육십 평생의 인생에서 나를 가장 무참히 깨트렸다 말할 수 있는 단어인 만큼 한 번쯤은 제대로 배워 보는 것도 나쁘지 않겠다는 마음이 3분의 1. 무엇보다 이미 인권이란 키워드로 자신의 이름을 내보인 짝꿍이가 글을 쓰는 강사로 자리매김할 수 있는 좋은 기회가 될 수도 있을 거란 마음이 그 나머지를 차지하며 그런 짝꿍이의 러닝메이트로 쉬엄쉬엄 걸어 보리라 마음먹고 내딛은 첫발이었던 것이다.

그러나 어느 틈에 보고 싶은 대로 보고, 듣고 싶은 대로 듣는 사람들이 더 많아져 버린 우리의 사회에서는 이런 내 마음을 펼쳐 내는 것조차 쉽게 허락되는 일이 아니었다.

나와 짝꿍이의 거주지인 서울 끝자락 강북구에서 그 반대편 끝자락인 은평구까지. 일주일에 한 번씩 예정된 여정을 총 12주간 소화해 낸다는 것이 사실 그리 녹록치만은 않았었다. 더욱이 뇌병변장애를 가진 짝꿍이의 경우, 별도의 보장구를 사용하지 않고도 자율적인 보행이 가능하긴 하다지만 일상생활에서 조금만 무리를 해도 며칠씩 온 몸의 통증에 시달리는 일이 빈번했기 때문이다.

그러나 짝꿍이도 나도. 아직은 그 여정에 대한 고됨보다 새로운 배움에 대한 설렘과 기대가 앞서 지각 한 번 없이 꼬박 출석을 하며 수강을 이어 가던 어느 날. 전반부의 강의 후 잠깐의 쉬는 시간을 틈타 내게로 오신 그날의 강사님이 갑작스런 질문을 하신다.

"선생님께서는 어떤 장애가 있으시죠?"
"아, 저는 비장애인입니다."
"네? 비장애인이 여길 왜 오셨어요…?"
"…?"

나야말로 묻고 싶은 상황. 분명 접수를 하겠다고 호들갑을 떨던 짝꿍이를 통해 나 역시 '장애인과 비장애인 누구나'라고 쓰인 모집요강을 봤었던 것 같은데.
'아닌가? 혹시 뭔가 착각했나…?'

예상치 못한 질문에 당황을 해서인지 '아차…! 혹시…?' 순간적으로 뇌리를 스쳐 가는 생각에, 조급해진 마음으로 허겁지겁 옆에 앉은 짝꿍이의 어깨를 툭툭 치며 소곤거렸다.

"혹시 여기는 장애인만 와야 하는 곳 아니니?"

"네?"

"이 양성과정 말이야. 장애를 가진 사람만 들어야 하는 것 아니냐고."

"이제 와서 그게 뭔 소리에요. 만약 그랬으면 아예 접수를 안 시켜 줬겠죠."

들고 보니 그건 그랬다. 아니 근데, 아무리 그렇지 않다고 하기로서니 다시 좀 물어볼 수도 있는 일이지. 옆에서 상황을 뻔히 지켜봐 놓고도 그 한마디 했다고 더없이 황당한 표정을 지으며 쏘아붙일 건 또 뭐람. 하여간 말솜씨 하고는. 쯧.

그러나 이런 짝꿍이의 당당함에 힘입어 잠시 잠깐 쫄았던(?) 마음을 내려놓기가 무섭게 강사 양성과정이라는 이름의 학습의 장은 내게 시마다 때마다. 새로운 당혹감과 혼란스러움을 선사해 주고 있었다.

강의가 진행되는 도중, 전체 수강생을 대상으로 한 강사분의 물음에 대답이라도 할라치면 "아! 선생님은 가만히 계시고, 옆에 계신 선생님 한번 말씀해 보시겠어요?"

손도 들지 않은 짝꿍이를 지목해 임의로 대답권(?)을 부여하는 것은 물론, 설령 대답의 기회가 왔다 해도 그 차례는 다른 장애인 수강생들이 대답을 하지 못했을 경우에만. 그렇게 이유조차 모른 채 시시각각 겪어야 했던 흑과 백의 양면성에 대한 의문이 풀어진 것은 총 12주의 여정에 대한 종료를 2~3주 남짓 앞두고 있던 전 과정의 끝 무렵에서였다.

그러니까 장애인권교육이나 장애인식개선교육. 불리는 명칭이 뭐가 됐든 (실제로 지금의 장애인권교육이라 불리는 명칭의 처음은 장애이해교육으로, 현재의 용어에 이르기까지는 상황과 시대상에 따른 변천과정이 있었다고 한다) 장애+교육, 장애+강사라는 형태의 직업군이 갖는 목적의 시초는 장애인 일자리의 창출이었다는 것.

한마디로 모집 요강 상의 텍스트를 곧이곧대로 믿고 이 자리에 참석한 나는 장애인 수강생으로 이곳에 온 사람들의 고유한 직업군을 침범한 이방인과도 같은 존재였던 것이다.

아무도 직접적인 말을 하진 않았지만, 그리고 나 역시 안 그런 척 했었지만, 그동안 이곳 장애인권강사 양성과정 자리에서 만난 대다수 강사들의 무언가 탐탁지 않은 표정들이며, 왠지 모르게 수강생들 사이의 나는 무언가 물에 뜬 기름 같았던 느낌이 무엇이었는지 알 수 있었던 뒤늦은 깨달음이었다.

이 모든 사실을 알게 된 순간, 솔직히 민망했다. 얼굴이 화끈거렸다. 평생을 살아오며 누군가에게 무엇을 빼앗겨 보긴 했어도 단언컨대, 단 한 번도 빼앗아 본 적은 없는 나로서는 도저히 상상조차 할 수 없는 일이었다. 그리고 이 모든 감정이 함축되어져 만들어진 쿠사리 한 바가지는 당연한 듯 죄다 짝꿍이에게로 향할 뿐이었다.

"야, 너는 뭘 좀 제대로 알아보고 했어야지. 장애인 일자리 창출로 시작된 프로젝트에 비장애인이 앉아 있는 게 말이나 되냐? 나야 이쪽 세계에 문외한이라 그렇다 처도 넌 좀 알 거 아니니. 나한테 장애인 일자리 창출의 시작이었다고 한마디만 해 줬어도 아예 시도를 안 했지."

말을 하는 순간에도 '이게 뭔 망신인가.' 싶어 바짝바짝 타들어

가던 마음을 아는지, 모르는지. 웬일로 별다른 대꾸 없이 내 애길 듣던 짝꿍이에게서 이어진 말은 이랬다.

"나도 이 강사라는 것의 처음이 장애인 일자리 창출이었는지는 몰랐어요. 아니 근데, 만약 알았다고 해도, 지금이 그렇다는 게 아니고 처음에, 이 일이 처음 만들어 질 때 그랬다는 거잖아요. 처음이야 어땠든지 간에 지금만 아니면 된 거 아니에요? 그때랑 지금이랑 시대적, 시간적 차이가 얼마나 많이 나는데. 이제는 바뀌었으니까 이런 양성과정에서 장애인과 비장애인을 같이 뽑고, 모집도 하는 거 아니겠냐고요."

음. 그래. 과연 짝꿍이다운 대답이다. 이런 걸 보고 막무가내라고 하는 건지, 아니면 넘치는 자신감이라고 해야 하는 건지 당최 혼란스러웠지만 한 가지 확실한 건 이제 곧 수료가 코앞. 모르는 게 약이라고, 조금은 따가운 기운을 느꼈을지언정, 남들의 시선과 생각 같은 걸 그리 깊이 신경 쓸 겨를 없이 오직 배움에 대한 열망만을 앞세우다 보니 눈 깜짝할 새 종착역을 앞두고 있던 나였기에 이제 와서 휙 돌아서는 것도 그야말로 웃기는 일이었다.

결국, 그 언젠가 그때처럼. 귀가를 한 후에도 한참 동안이나 고민의 늪에 빠져 있던 내가 추려 낸 잠정적인 생각은 '수료만 하자'라는 것.

어차피 애당초 이 모든 시작은 나의 어떠한 부와 명예, 그리고 권력을 축적하기 위함이 아니요, 그저 짝꿍이에게 글을 쓰는 인권강사로서의 기회를 누릴 수 있게 해 주는 것이 최종적인 목표였으니, 그 목표를 이룰 수만 있으면 되는 거였다.

'그래, 나는 수료까지만 하자. 수료만 하고, 그 다음은 소나 혼자서 할 수 있도록 옆에서 지지만 해 주면 되지.'

이렇게 생각하니 한결 마음이 가벼워졌다. '생각의 차이가 결과를 바꾼다.'라는 어디서 많이 들어봄직한 말이 괜히 있는 건 아닌가 보다.

#3. 첫 출강

아, 물론 이 와중에도 좋은 일이 있긴 있었다. 아니 솔직히 (적어도 내 입장에서는) 굉장히 뜻밖의 일이 한 가지 있긴 있었다.

어느덧 벌써 3개월 째. 우리의 성실함을 한껏 내보이며 수강을 하고 있는 장애인권강사 양성과정의 시수(時數)로는 한 주, 달력의 순수한 날짜 상으로는 며칠 상간으로 수료만을 남겨 둔 채 마지막 차시의 강의가 진행되던 날.

"이옥제 님 끝나고 잠깐 저 좀 뵙고 가시죠. 아, 이소나 님도요."

웬일인지 양성과정 총괄 담당자의 호출이 요청되었다. 내용인즉, 초등학교 4학년 대상의 장애인권교육 의뢰가 들어왔으니 출강을 준비하라는 것. 3개월의 양성과정 기간 중 처음 있던 호출에,

'무슨 일이지? 우리가 쌍으로 붙어서 무슨 실수라도 했나?'

어쩐지 교무실에 불려 온 학생처럼 다소 긴장되었던 마음이 놀라움으로 바뀌는 순간이었다. 그리고 나도 모르게 뱉어진 말 한마디.

"저도요?"

그도 그럴 것이, 주목을 받지 않을 때에는 그야말로 뚱한 표정으로 누군가가 말을 건네도 틱틱. 단답만을 던져 대다가도 이야기를 해야 할 자리에서 만큼은 조목조목.

'어머, 쟤한테 저런 면이 있었어?!'

몇 년을 함께한 나조차도 깜짝 놀랄 만큼의 논리 정연함을 갖춘 분명한 발언으로 양성과정 기간 내내 모두의 부러움의 대상이 되었던 데다, 이 세계에서 만큼은 늘 우선시 되어지는 장애인이기까지 한 짝꿍이는 그렇다 쳐도 난 비장애인인데.

장애인들의 일자리 창출을 위한 직업군으로 시작되었다는 말을 들은 지 불과 몇 주 만에 다시 듣게 된 정식 출강 요청은 '이게 대체 뭔 일이야.'

분명 기분이 좋으면서도 도대체가 어느 장단에 춤을 춰야 할지 감을 잡을 수 없는, 어안이 벙벙한 일이 분명했다. 더욱이 우리 두 사람은 아직 수료도 하기 전인데 말이다.

그러거나 말거나, 옆에 있는 짝꿍이는 연신 싱글벙글. 적어도 이 순간만큼은 오직 떵호와였다.

"거 봐요. 내가 뭐랬어요. 된다고 했죠? 세상이 많~이 바뀌었다니까."

출강 요청 한 번에 세상을 다 가진 듯 기세가 등등한 모습이었지만 뭐 어쩌겠나. "아 글쎄, 된다니까요!"

이렇게 되고 보니 문득 '얘가 진짜 믿는 구석이 있어서 그랬던 건가?' 싶은 생각이 번뜩였을 정도로 우리에게 주어진 지금의 상황은 어쨌거나 호기롭게 큰소리쳐 대던 짝꿍이의 호언장담과 놀랍도록 일치했으니 말이다.

그 후, 우리는 밤 열 시까지, 열한 시까지. 서로의 집에서, 때로는 각종 기자재의 사용이 가능해 실제 교육의 무대가 될 학교 현장과 비슷한 환경을 구축해 낼 수 있는 교회 공간을 대여하여. 시간과 장소를 불문하고 서로의 참관자가 되어 주고 참여자가 되어 주며 출강 전날까지도 연습 또 연습에 매진했다.

우리를 믿고 파견해 준 인권강사 양성과정 주관 기관과, 그 기관을 믿고 인권교육을 의뢰해 준 학교, 무엇보다 우리의 참여자가 될 학생들에게도. 우리의 출강이 행여 누구 한 사람에게라도 누가 되어서는 안 된다 다짐했던 우리 두 사람의 최선의 노력이었다.

그렇게 며칠을 꼬박 연습의 강행을 이어 간 덕분인지. 마침내 출강할 교육 전반의 흐름이 몸에 익어 갈 무렵이 되자 우리 두 사람에겐 또 하나의 고민거리가 스며들었다. 바로 어떻게 하면 한 공간에, 그러니까 교육이 진행될 한 교실에 같이 들어갈 수 있겠냐는 것.

내추럴한 용어로 컴퓨터 무식자인 나는 교육 도중 혹시라도 발생될 수 있는 기계적인 돌발 상황들에 대한 대처가 무섭고, 이제는 많이 좋아졌다고는 하지만 아직도 하루에 네다섯 번. 신경안정제도 모자라 공황발작 진정제까지 털어 넣는 것이 일상인 짝꿍이 또한 나의 지지가 꼭 필요했기에 동시간대, 동일한 공간으로의 입장에 대한 문제는 우리 두 사람에게 교육을 진행하는 일만큼이나 중요한 사안이었다.

'무슨 좋은 방법 없을까?'

누가 먼저랄 것도 없이 틈만 나면 머리를 맞대고 고민에 고민을 거듭하던 우리는 결국, '처음이니까.'

서로의 수업에 참관자로 투입되어 모니터링을 해 주면 더욱 도움이 되지 않겠냐는 그럴싸한 이유를 든 제안을 하기에 이르렀는데. 이게 웬일인가. 우리의 제안 사항을 들은 총괄 담당자는 두 말도 않고 That's right!

그 즉시 어딘가로 전화 걸어 잠시의 협의를 거치는가 싶더니마는, 동시 각 반 입장으로 총 네 시간. 하루에 끝마치기로 한 일정을 두 시간씩 나뉘어 이틀로, 각자의 수업이 진행되지 않을 때는 서로의 교실에 들어가 참관인이 되어 주는 형태로 (옆에 있는 우리가 보기에는) 너무나도 쉽게 척척척. 서슴없이 일정에 대한 조율을 해내는 것이 아닌가.

참…. 어떻게 단 한마디 의문조차 제기하지 않은 채 우리의 요구를 백 퍼센트로 수용해 줄 수 있었던 건지. 어쨌든 그 빛나는 배려 덕분에 서로를 의지하며 오늘도 무사히를 외칠 수 있었던 첫 출강의 풋풋한 기억은 몇 년이 지난 지금까지도 우리 두 사람에게 잊히지 않은 채 고스란히 간직되어 있는 한 조각의 추억이다.

#4. 믿는 구석

믿는 구석은 무슨.

나라고 어찌 마음이 편할 수 있었겠는가. 어찌 복장이 터지지 않았겠는가 말이다. 이럴 거면 차라리 애초에 '누구나'라는 단어를 사용해 사람을 모집하지 않았어야 할 일이지. '이 사람들 혹시 누구나라는 사전적 뜻을 모르는 건가.' 싶은 생각이 절로 들 정도로 시마다, 분마다 여러 가지 감정이 범벅되어 롤러코스터를 탔던 12주였다는 것이 솔직한 나의 심정이다.

평소 냄비라는 별명으로 불릴 정도로 그게 무엇이든, 순간적으로 파고드는 감정을 이성적으로 조절하지 못한 채 부르르 표출하기 일쑤인 나이기에(물론 이게 썩 어른답지 못한 행동이라는 것을 알고 있긴 하지만). 겉모습은 분명 인권을 말하고 알아 가는 자리인데. 그에 대한 역량 확장에 도움을 준답시고 강사라는 이름으로 서 있는 사람들조차 외면하고, 무시하고, 아니라고 하고.

명확한 이유도 없이 짝꿍님에 대한 적대감을 나타낼 때마다 불 같은 성질이 화르륵 타올랐지만 이런 걸 보고 세월은 못 속인다고 하는 건지. 이러한 상황에 대해 내가 입이라도 옴짝달싹 할라치면,

"괜찮아. 그러지 마."

벌써 낌새를 알아채고 내 옆구리를 쿡쿡 찔러 대던 짝꿍님 덕분에 그나마도 참고 견딜 수 있었던 시간이었다. 옆에서 지켜보는 내가 이런데, 그 대상이 된 짝꿍님의 심정은 오죽할까.

아니나 다를까. 한 주 한 주, 그날의 과정들을 이수하고 귀가를 할 무렵이면 얼굴에 드리운 복잡 미묘한 감정들은 앞다투어 나 잡아 봐라를 하고 있는데,

"이거야 원, 나이 육십이 넘어서야 호되게 인생 공부란 걸 하고

있으니. 그동안 헛살았네."

애써 그럴싸하게 에두르는 여러 단어들은 결코 이 시간과 자리
가 유쾌하지 않음을, 결국 또 한 번 어쩔 수 없는 인고의 시간을 감
내하고 있음을 확인시켜 주는 말들이 되기에 충분했다.

죄책감이 들었다. 나도 나지만, 잘만 하면 이제라도 이옥제 온전
히 본인의 이름을, 본인만의 삶을 찾을 수도 있는 기회가 될 수도
있겠다 싶어 들어선 길이었는데. 막상 상황을 맞닥뜨리고 나니 이
건 뭐, 혹 떼려다 혹 붙인다고, 하다하다 이젠 피 한 방울 안 섞인
웬 어린 장애인 놈한테 묶여 버린 꼴이 된 건 아닌가 싶은 생각이
몸서리치게 나를 괴롭혔다.
그런데, 그래서 더 큰소리를 쳐 댔다 해도 과언이 아니었다. 물론
정해진 건 아무것도 없었다. 아닌 말로, 12주간의 여정이 끝난 뒤
에는,

"아, 또 한 번 좋은 공부했네."

또 하나 생성된 우리만의 추억으로 간직하게 될 확률에 더욱 가

까웠다. 이렇게 예상되는 뻔한 결말에도 불구하고, 그냥 여기서만큼은 시쳇말로 객기를, 가오를 부려야 할 것 같았다. 어쩐지 전에 없던 당당함이 잔뜩 함유된 내 모습을 보는 것이 그나마 이 시간에서, 이 공간에서 짝꿍님을 견디게 해 줄 수 있는 실낱같은 힘이 되리라는 생각이 들었기 때문이다.

아 또 한 가지, 기도를 했다. 열심히, 아니 정말 빡세게 했다.

'지금의 이 시간들이 우리 두 사람 모두에게 결코 헛된 시간으로 끝나지만은 않게 해 주세요.'

웃기게 들릴지도 모르겠지만 사실이었다. 그리고 진심이었다. 다른 건 모르겠고, 내가 믿는 신에게 나의 간절함을 호소하는 것만이 내가 할 수 있는 일의 유일함이자 전부였으니까 말이다.

#5. 다시 한번 맨 땅에 헤딩

"오, 지저스!"

그래서인지 우리 두 사람이 나란히 정식 출강 제의를 받았을 때 나는 온 몸에 소름이 쫙 돋았다. 몸에서 전율이 흐른다는 느낌이 뭔지 비로소 알 수 있을 것 같았다. 지극히 내 입장에서는 명백한 기도 응답이기도 했거니와,

"그렇지, 이거지!"

지금껏 누구하나 가르쳐 준 적도 없고, 강요를 한 적은 더더욱 없는데 왜인지 아주 어릴 때부터 굳게 믿어 온 격언 중 하나, '노력은 배신하지 않는다.'라는 말의 이치가 너무나 정확히 맞아 떨어지기도 했기 때문이었으리라.

아마 그래서 더 열심에 열심을 더했었던 것 같다. 첫 출강이라는

이제는 당당히 말하며 살기로 했다

이름 아래 몸에서 나올 수 있는 온갖 기운이란 기운은 다 끌어 모아 맹렬하고 치열하게 준비했었던 것 같다.

"아니, 아니. 거기 그 부분에선 그렇게 연결 지으면 안 되죠."

일상적인 대화에서도 툭툭 던지듯 뱉어 버릇하는 평소의 언어습관도 모자라 전에 없이 '확실하게, 제대로'라는 비장함까지 더해지니, 마음과 달리 짝꿍님과의 심심찮은(또는 심상찮은) 언쟁이 벌어지기도 했었지만 그런 건 중요하지 않았다. 이번에 잡는 확실한 기회야말로 다음, 또 다음 기회로 이어질 수 있는 지름길이라고, 그렇게 이제는 고생 끝, 행복 시작!

그동안의 마음고생 따위 한 방에 상쇄시켜 줄 탄탄대로의 진입 고지가 얼마 남지 않은 거라고 굳게 믿었기 때문이다.

흐…. 그러나 내가 사는 이 세상은 엄연한 현실 세계. 모든 일이 내 계획대로만은 절대 흘러가지 않는다는 얘기다. 출강 역시 그랬다.

"어머, 강사님. 교육이 너무 좋네요. 제가 교사 생활하면서 장애인권교육 많이 받아 보기도 했고, 아이들 틈에서 많이 지켜보기도 했는데 이렇게 신선한 교육은 처음이에요. 아이들 수업에서 제가 더 많이 배웠네요."

"선생님, 내년에도 또 오세요? 언제 또 오세요?"

내 입으로 이런 말을 하자고 들면 너무 자뻑 같고 자화자찬 같긴 하지만, 대망의 첫 출강이 있던 날. 그동안의 스파르타식 준비와 연습이 단단히 한 몫을 했던 건지. 교육이 끝난 후 우리 두 사람은 누가라고 할 것 없이 각자가 교육을 진행했던 교실의 학생들과 담임 선생님으로부터 엄청난 칭송을 받았었다. 과연 첫 출강이라고 할 수 없을 만큼의 엄청난 쾌거였다.

그리고 내 예상대로라면 이 기세를 몰아 이어달리기를 하듯 이곳저곳에서의 출강 요청이 바통터치 되어야 마땅한데. 이어달리기는 무슨, 이틀의 단거리 달리기를 끝으로 게임은 깔끔하게 종료되었다. 그렇다. 마치 깜짝 이벤트 같았던 한 번의 출강, 딱 여기까지였던 것이다.

아 그렇다고 해서 또 출강에 대한 요청이 완전하게 후무했던 것만은 아니다. 잊을 만하면 한 번씩.

이제는 당당히 말하며 살기로 했다

'흐흐…. 그래도 뭐가 오긴 오네.'

싶은 생각이 들 정도로 간간이 요청되었던 출강. 그런데 그렇게 의뢰된 출강 장소에서 찾는 강사라고는 나 하나. 오직 이소나일 뿐이었다. 짝꿍님보다 내가 더 잘하고 실력이 좋아서? 아니 이유는 그보다도 훨씬 더 간단했다. 내가 장애인 당사자라서.

흐…. 물론 그런 요청의 출강이 의뢰될 때마다,

"가, 가, 간다고 해. 지난번처럼 내가 뒤에서 참관하면 되잖아. 너라도 잘되면 좋지 뭘 그러니?"

고민할 틈조차 노릴 수 없게 나보다 더 부채질을 하던 짝꿍님의 전폭적인 서포트 속에 모든 요청을 다 수락하며 출강을 거듭하긴 했었다. 하지만 그 횟수가 쌓이면 쌓일수록 내 마음에는 무언가의 찜찜함도 같이 쌓여 갔다.

'아, 이게 뭐지? 무슨 느낌이지?'

아무리 생각해 봐도 도무지 정답을 찾아낼 수가 없었다. 그러다 문득, '아! 그거네!' (당시를 기준으로) 불과 1년 전, 나의 첫 번째 저서 《똥! 똥! 똥!》을 저술하는 작업과정에서와 동일한 느낌, 동일한 감정이라는 걸 알게 된 건 그로부터 며칠이 지난 후였다.

끝까지 몰랐으면 모를까. 다시없기만을 바랐던 그때의 기분과 감정을 다시 갖게 된 이상 이러한 형태를 계속적으로 유지할 수는 없는 노릇이었다. 물론 동상이몽이긴 했지만, 결국 똑같이 고민하고 똑같이 공부했던 그 시간들처럼 똑같이 잘되고 똑같이 행복하자고 시작한 일인데. 다시금 그때의 상황이 재연되는 것도, 다시 그때처럼 내가 짝꿍님에게 한없이 미안함을 갖게 되는 것도. 뭐가 됐든 일단 싫었다.

더 늦기 전에 이 상황을 접어 버리든지, 그게 아니라면 다른 방법을 찾아야 했다. 그렇다고 해서 내게서 얼마나 더 다양한 방법이 나올 수 있겠는가. 그 방법이란 단어 앞에 내가 할 수 있는 행동이라곤 단지 목 빠지게 스마트폰과 컴퓨터 화면을 들여다보며 검색 행군을 이어 가는 것뿐이었다.

네○○, 구○ 같은 국내외의 포털사이트는 물론, 페○○○, 트○○ 내가 계정을 갖고 섭렵하고 있는 모든 SNS 플랫폼을 동원하여 '인권'이라는 키워드를 검색했다. 분야를 막론하고 (내 눈에 보기에는) 그럴싸한 인권단체들에 일단 다 가입을 하고 기웃거렸다. 그러나 어느 분야, 어느 단체를 돌아봐도 상황은 별반 다르지 않아보였다. 장애인권 안에서는 장애인 당사자가 우선되듯이 여성인권, 아동인권, 다문화인권. 각각의 분야에서는 그 특성과 분야에 따라, 참여자 모집 과정에서부터 내걸고 있는 조건들이 명확했다.

"퓨···."

그렇게 '다음페이지'를 클릭하기를 몇 번쯤, 마우스 휠을 지문삼아 하릴없이 손가락을 꼬물거리기를 얼마쯤 지난 뒤였을까.

"에?"

뜻 없는 짧은 의성어를 통한 실소를 터트렸던 것도 잠깐, '음. 어쩐지 이거라면···?' 싶은 공고문 하나가 내 눈에 들어왔다.

제1기 노인인권강사 양성과정 교육 참여자 모집

시민 인권단체 ○ ○ ○ ○에서는

제1기 노인인권강사 양성과정 수강생을 모집합니다.

우리나라 최초의 노인인권강사 양성과정 교육은

앞으로의 고령화 시대에···

.

.

(이하 생략)

사실 평소 나는 짝꿍님과의 사이에서 노인이라는 단어가 사용되는 것을 극도로 싫어한다. 때문에 우리 둘 사이의 대화에서든, 무의식적인 짝꿍님의 혼잣말에서든,

"에휴…. 이제 나도 어쩔 수 없는 노인인가 봐. 늙었나 봐." 와 같은 세월의 무상함을 나타내는 말들이 들려오기가 무섭게,

"아, 진짜! 좀 그런 말 좀 하지 말라니까요! 그보다 더한 사람들 많아요. 벌써부터 왜 그래?"

어른이라는 위치를 망각하고 화를 펄펄 내기 일쑤인데(글을 쓰는 지금에서야 생각해 보니 어쩌면 세월의 흐름을 따라 자연스레 멀어져 가는 짝꿍님과의 시간들을 벌써부터라도 부정하고 싶은 나만의 방어 기제와 같은 것인지도 모르겠다).

어쩌면 여기서는 내가 그토록 성깔부리는 노인이라는 단어가 짝꿍님에게 힘이 될 수도 있을 거란 생각이 들었다.

더구나 이 과정을 수료하면 우리나라 최초의 노인인권강사가 될 수 있단다. 여기서야 말로 잘만 하면, (당시) 20대인 내가 60대라는 나이조차 불문한 채 짝꿍님만의 매력에 담겨 깊숙이 빠졌던 것처럼, 여기서라면 노인인권의 트렌드를 아우르는(?) 강사로도, 대한민국 노인 당사자 중 한 명으로도. 많은 사람들의 귀감이 될 수 있을 거란 생각이 들었다. 이제 더 이상 이방인이 아닌 진정한 팔레스타인으로 짝꿍님이 행복해 질 수 있는 무대가 될 수 있을 거란 생각이

들었다.

#6. 관점의 차이

"노인인권강사 양성과정 한번 공부해 보실래요? 지금 1기, 처음 모집이고 우리나라에서는 최초로 시작되는 강사 분야라는데 전망이 나쁠 것 같지 않아요. 어쩌면 장애인권보다 이쪽이 더 잘 맞으실 수도 있을 것 같아요."

첫 출강의 경험 며칠 뒤, 공식적인 수료식을 끝으로 장애인권강사 양성과정이란 타이틀이 종료된 지 얼마나 더 지난 뒤였을까. 장애인권이라는 틀 안에서 늘 어설프게 겉돌며 고군분투하는 나의 모양새가 안쓰러워 보였는지 짝꿍이는 또 한 번의 권유를 해 왔다.

"참 나, 이번엔 노인인권이냐? 나 좀 쉬자."

조금은 민망한 말투로, 그렇지만 특유의 자못 비장한 표정으로, 쭈뼛거리며 이야기하던 짝꿍이에게 콩. 꿀밤 한 대를 먹이듯 작은 면박을 주긴 했지만 어차피 인권이라는 굴레 안에 발을 담그기 시작했으니 뭐가 됐든 다양하게 알아 두고 배워 두는 것도 나쁘지 않겠다는 생각에, 그렇지만 별 다른 기대 없이 시작한 두 번째 도전이었다.

물론 언제나처럼 짝꿍이도 함께였다. 어느새 우리는 서로의 정신적인 지주가 되어 주고 있었던 것이다.

그러던 어느 날. 3주 차? 아니 4주 차였던가의 노인인권강사 양성과정 교육을 이수하고 난 후의 귀갓길. 웬일인지 나에게 처음 노인인권강사 양성과정에 대한 공부를 제안했던 그때 그날처럼. 또다시 특유의 비장함이 내포된 얼굴의 짝꿍이가 여전히 민망한 듯 말을 했다.

"제가 노인인권 쪽에서 공부를 해 보니까, 그동안 장애인권이라는 틀 안에서 어떤 감정을 느끼셨을지 조금은 알 것 같아요."

"왜?"

"…. 그냥."

짝꿍이는 혼란스러워하고 있었다. 그랬다. 우리 두 사람, 물리적으로는 늘 함께하고 있을지라도 그 내면의 실상은, 늘 극명하게 갈리는 각자의 공간 속에서 자신만의 혼란스러움을 감내하고 있었던 것이다.

짝꿍이를 제외하고 나를 포함해 열댓 명 남짓 모인 노인인권강사 양성과정의 수강생들은 (이 책을 읽는 여러분이) 예상하는 바대로 모두 비장애인이었다. 불과 얼마 전 장애인권을 공부할 때와는 정반대의 상황.

그런데 웃기는 건, 그런 비장애인 수강생 중 한 명인 나 또한 여전히 이곳에 섞이질 못하고 있었다는 거다.

앞선 지면을 통해 이미 여러 차례 언급했던 것처럼 내가 처음 장애인권강사 양성과정 수강에 대한 짝꿍이의 제안을 수락한 데에는 나 자신의 어떤 부와 명예를 쟁취하고자 함이 아니었다. 그래서였는지, 나에게 어떤 결과를 덧씌워 주지 못해 끌탕을 하는 짝꿍이와는 달리 '되면 좋고, 안 되도 어쩔 수 없고.'라는 말이 곧 나의 마음이었다고나 할까?

그러나 이곳 노인인권 쪽에서는 이 모든 게 정반대로 흘러가고 있었다. 노인 요양시설의 원장으로, 요양보호사로, 학원 강사로, 시간제 학교 강사로. 또 공무원으로의 정년퇴직 후 무언가 새로운 일을 찾는 사람으로.

이곳에 모인 대부분의 수강생들은 소위 은퇴 설계. 흔히 말하는 제2막 인생의 새로운 직업을 준비하는, 돈이 중심이 되어 이 과정, 이 일을 통한 경제적 이익을 창출해 내기 위해 모인 사람들이었다. 또다시 너무나 다른 관점들 사이에 딸랑 나 혼자인 것 같은 느낌은 나를 자꾸만 흔들리게 만들었다. 그리고 이번만큼은 이런 흔들림 속 꿋꿋하게 '버텨 냄'이 아닌 끝이라는 마침표를 선택하기로 했다.

돌이켜 보니, 관점의 차이도 차이였지만,

"많이 생각해 봤는데 장애인에게는 어떻게 대해야 하는 건지, 뭐가 맞는 건지 잘 모르겠어서 많이 조심스러워요."

주위를 둘러보며 나에게만 속삭이던 한 참여자의 한마디가 더욱 끝이라는 확실한 결론을 맺게 해 준 걸지도 모르겠다.

나는 이미 그와 같아지고 있었다. 우리에겐 이미 너무나 많은 부분에서, 너무나 많은 서로의 느낌과 감정이 공유되고 있었다.

언젠가 함께 본 영화 〈그린 북〉을 보는 내내 우리 두 사람이 나란히 울컥하는 마음을 주체하지 못했던 것 역시 바로 이런 이유들 때문이었을 거다.

그를 만나기
전에는

#1. 삼세번

장애인권도 아니야, 노인인권은 더 아니야. 계속되는 시도와 도전, 그리고 노력에도 불구하고 거듭 맛보게 되는 실패에 '아…. 진짜 안 되는 건가.'

머릿속에 자꾸만 '포기'라는 단어가 들락거렸다.

그런데 이런 걸 보고 사람이 참 간사하다는 말을 하나 보다. 처음 짝꿍님에게 장애인권강사 양성과정에 대한 제안을 마음먹을 때만 해도 분명, 함께 고민하고 공부하는 과정만으로도 더없이 값진 소득이 될 거라고 했으면서. 이제와 발길을 돌리려고 보니 왠지 그동안 들인 시간과 노력, 체력이 아까웠다.

아니 그보다도, 다시 생각해 보면 정말 꿈같은 일이긴 하지만 꿈이 아닌 엄연한 현실에서. 이미 한 번 나란히 경험한 출강의 기회는 어쩐지 조금만 더 가다 보면 발견할 수 있는 새로운 이정표의 신호인 것만 같아 애가 탔다.

그렇다고 그 느낌만으로 벌써 몇 달째 진전 없이 하고 있는 나와의 싸움을 계속해서 이어 가자니 이젠 정말 지친 것 같고. 이런 저런 생각을 하며 갈팡질팡. 무어라 딱 결단을 내리지도 못한 채 극심한 내적갈등 속에서만 허우적대던 순간.

'카톡~'

수천 번의 들숨 날숨으로만 가득 찼던 적막을 깨는 한 통의 메시지 수신음이 울렸다.

[참여자 모집] 중증장애인-비장애인 협업 강사!…@#$%&^*

"아, 또 뭐야."

말했다시피, 이 무렵의 나는 인권이라는 키워드를 지닌 단체에는 죄다 가입을 하곤 이리 기웃, 저리 기웃. 일단은 뭐 하나라도 포착되는 기회만을 노리고 있던 때였기에, 그에 따른 약간의 귀찮음이 수반되었는데 그 귀찮음이란 바로, 단순 광고를 포함한 각 단체의 갖가지 홍보 메시지들을 나의 어떠한 필터링이나 선택적 동의 여부와는 무관하게 백 퍼센트 수신하게 되었다는 거다.

아 물론 너무 좋고 감사한 일이지. 이러한 특권(?) 덕분에 나의 수동적인 수집력으로는 미처 알지 못했던 세세한 부분들까지도 놓치는 일은 발생하지 않았으니 말이다. 그러나 왠지 시간이 가면 갈수록, 기대를 갖고 열람한 그 문서들은 필요함보다 불필요함의 비중이 더 많은 비율을 차지하게 되었기에 이번 역시 그런 맥락 중 하나일 거라고만 생각했다.

하지만 동동동동. 내용이 뭐가 됐든 일단 그 메시지를 '확인'할 때까지는 계속해서 떠 있을 스마트폰 상태 표시줄 속 알림이 신경 쓰여 대충 빨리 클릭하고 삭제를 해 버리려던 찰나였다.

'어? 잠깐만, 이건 뭐지?'

협업. 장애인. 비장애인.
터치스크린을 지긋이 누른 내 손가락 사이로 언뜻 비추는 어딘가 낯설지만 낯설지 않은 단어들이 다시 한번 나의 눈을 잡아끌었다.

이제는 당당히 말하며 살기로 했다

> **[참여자 모집] 중증장애인-비장애인 협업강사**
>
> **양성과정 교육의 참여자를 모집합니다.**
>
> .
>
> .
>
> **(이하 생략)**

협업? 내가 알고 있는 단어의 그 협업?

지금껏 봐 왔던 수 십 개의 모집 공고 글에서는 단 한 번도 볼 수 없었던 익숙한 듯 익숙지 않은 단어들의 배열에 어안이 벙벙해진 나는 서둘러 국어사전을 검색하기 시작했다.

> **협업[명사] …(중략)… 협력하여 계획적으로 노동을 하는 일.**

헐. 맞단다. 내가 아는 그 협업의 뜻이 맞단다. 그러니까 무려 누구나. '모두'를 넘어 장애인과 비장애인으로 함께 '협력'할 강사의 양성과정을 개최하고, 그 참여자를 모집한다는 거다. 게다가 이런 어마무시한 프로젝트를 주관하는 기관은 한국장애인고용공단. 주최기관 역시 불과 몇 달 전, 또다시 맨 땅에 헤딩을 하며 여기저기를 기웃거리다 전화를 걸어 한참 동안 이런 저런 문의를 하기까지

했던 곳 중 한 군데였으니, 이보다 더 한 믿음직스러움이 또 어디 있겠는가.

비로소 모든 상황에 대한 퍼즐이 맞춰지고 나니 눈물이 났다. 물론 여전히 아직 뭐가 되기도 전의 설레발이라는 건 잘 알지만, 처음 우리 두 사람이 장애인권강사 양성과정을 시작할 때부터 어쩐지 '이렇게 되면 참 좋겠다.' 싶게 머릿속을 떠나지 않던 나의 이상을 현실에서 마주했다는 그 자체가 나에겐 이미 위로였고 치유였다.

그렇게 훔쳐 내던 한 줄기 눈물이 통곡이 되어 혼자서 흐느끼기를 얼마나 지났을까. 생각해 보니 이렇게 울고만 있어서 될 일이 아니었다. 아무리 혼자서 북 치고 장구 치고. 이상이 어떻다 현실이 어떻다 한들, 일단은 늘상 붙어 있다가 오랜만에 떨어져 있는 짝꿍님이 수락을 해야 협업을 하든, 협력을 하든 다시 뭐라도 도전을 해 볼 일이 아니겠는가.

사실은 민망했다. 여태까지 뭘 안 했던 것도 아니고. 이미 두 번의 도전에 두 번의 실패와도 같은 결과를 이뤄 냈는데. 또 뭔가를, 그것도 다시 공부부터 하자고 하면 나부터도 신물이 날 것 같았다.

이제는 당당히 말하며 살기로 했다

'아, 미치겠네. 이번엔 뭐라고 얘기해야 되지?'

최소한의 양심이란 게 바로 이런 건지. 이번만큼은 쉽사리 입이 떨어지지 않았다. 휴대폰을 들고 있는 손은 벌써 몇 번째 키패드 속 숫자들을 썼다, 지웠다, 썼다, 지웠다.

평소 짝꿍님을 대하던 나답지 않게 한참 동안 고민을 하고 또 하며 머리카락을 쥐어뜯었다. 하지만 결국 내 식대로 하는 것밖에는 별다른 도리가 없어 보였다.

"에라 모르겠다. 삼세번이라고 하지 뭐."

삼세번, 그래 삼세번이다.

#2. 미워도 다시 한번

아이고야… 나도 참.

노인인권강사 양성과정에서의 끝을 선언한 지 얼마나 됐다고. 그새를 못 참고 다시 또 무언가를 배우고 공부하는 자리에 앉아 있는 꼴이라니. 아무래도 어려서 안 한 공부 복이 늘그막에 와장창 터진 모양이다.

모쪼록 삼세번이라는 짝꿍이의 꼬임에 넘어가 또 한 번, 그러나 이번에야 말로 진짜 마지막이라는 일념하에 하게 된 세 번째 도전은 바로 중증장애인과 비장애인이 한 팀으로, 파트너가 되어 교육을 진행하는 형태라는 〈중증장애인-비장애인 직장 내 장애인 인식 개선 협업강사 양성과정 교육〉이었다.

'진짜 그런 양성과정이 있다고?! 설마, 그럴 리가. 아니 근데, 얘가 거짓말을 하고 있지는 않을 텐데.'

몇 주 전, 수화기 너머로 들려오는 짝꿍이의 호들갑 섞인 이야기를 전해들을 때만 해도 반신반의. 믿을 수가 없었다. 장애인들의 일자리 창출을 위한 직업군의 시초라는 핵심가치 아래 '누구나'라는 모집 공고상의 텍스트는 그냥 잘 포장된 예쁜 포장지였을 뿐. 오로지 비장애인이라는 이유로 질문 한 번, 대답 한 번에 자유롭지 못했던 때가 불과 몇 개월 전 일인데. 이건 뭐 세기가 바뀐 것도 아니고, 몇 개월 만에 다시 이렇게 급반전의 전개가 일어날 수도 있는 일이라고?

지나 온 짧은 시간 동안 보고 겪은 일, 보고 들은 말들이 그리 적은 양은 아니어서인지. 사실 신청한 교육의 첫 수강일이 되어, 교육이 진행될 장소에 도착하기 전까지 마음 한편 끊임없이 생산되었던 '설마'의 개수는 가히 셀 수가 없었을 것이다.

그렇게 도착한 교육 장소.
그런데, '누구나'라는 모집 글귀가 애석하게도 비장애인이라곤 나를 포함해 딸랑 두 명뿐이던 몇 달 전의 첫 도전. 장애인권강사 양성과정 교육 때와는 달리, 수강생으로 모인 장애인과 비장애인의 비율이 거의 비슷해 보였다. 진짜 협업을 중점에 둔 강사 양성과정이 맞긴 맞나 보다.

 웃음이 났다. 비록 협업교육 형태의 인정 범위는 모든 장애인권 교육이 아닌 2018년 5월 29일부로 연 1회. 1시간을 기준하여 법정 의무교육의 추가 항목으로 자리 잡게 된 사업체 내 직장인 대상의 '직장 내 장애인 인식개선교육'에 한해서라지만, 뭐가 됐든 일단은 짝꿍이의 바람과 소망, 그리고 의도와 정확하게 일치하는 교육 과 정의 개설 자체가 그저 신기하고 놀라웠다.

 그렇게 다시 시작된 주 4회, 총 3주간의 일정. 그 시간 동안 짝꿍 이의 의지는 실로 대단했다.
 '이번에야말로 무언가를 제대로 할 수 있는 징조라고, 우리 두 사 람에게 찾아온 더할 나위 없는 기회라고, 협업교육이란 형태의 양 성과정이 생긴 것 자체가 세상이 변하고 있다는 뜻 아니겠냐고, 그 래서 우리가 더 열심히 해야 한다.'라고.
 3주간의 일정 내내 귀에서 피가 날 만큼, 옆에서 듣고 있는 내가 그 레퍼토리를 다 외울 만큼. 되뇌고 또 곱씹으며 평소의 몇 배로 주입시키던 그 비장함은, 결국 모든 교육과정의 종료와 동시에 시 연을 며칠 앞둔 짝꿍이를 응급실로까지 몰고 가는 과도한 열정이 되어 주었으니 말이다.

"야, 이럴 거면 기업(사업체) 대상 양성과정은 그냥 포기해. 이게 뭐라고. 이렇게 네 몸을 혹사시켜 가면서까지 우겨서 할 일이냐?"

응급실에 동행했던 날. 급한 대로 영양 수액을 한 대 맞고 와서도 여전히 헤롱헤롱. 좀체 회복세를 찾아 가지 못하는 짝꿍이의 모습이 답답하고 화가 나서 폭풍 잔소리를 늘어놓긴 했지만, 그런 짝꿍이의 영향 덕분이었을까?

지금에 와서 이 때의 시간을 다시 추억할 때면 아직도,
"와, 그 때는 정말 피 토할 만큼 힘들었어. 대단했지."라는 말이 가장 먼저 나올 정도로 나 역시 힘겨움 속 혼신을 다하던 3주였다.

그렇게 또 한 번 펼쳐진 고군분투 속에서도 무사히 모든 과정에 대한 이수를 하고 나니 찾아온 대망의 참여자 시연 당일.
법정의무교육이라는 특성상, 교육의 내용 안에 반드시 포함되어야 할 네 가지의 소주제를 중심으로 이어 간 15분가량의 시연을 끝내고 나니, 나와 짝꿍이를 번갈아 가며 곧바로 심사 위원들의 질문

퍼레이드가 이어진다.

"소나 씨는 뇌병변 장애인 당사자이시죠?"

"네, 그렇습니다."

"그런데…. 다른 뇌병변 장애인 당사자와 비교했을 때 말도 너무 잘하고, 이 정도면 혼자서 해도 충분할 것 같은데 왜 굳이 협업 형태로 강의를 하려고 하는 거죠?"

그럼 그렇지. 역시 사람들은 눈앞에 보이는 것만 보고, 보이는 대로만 믿는다. 협업강사 양성과정에서는 조금 다를 줄 알았는데. 어김없이 '당사자 우선주의'가 내포된 질문에 '안 되는 건 안 되나 보다.' 일찌감치 탈락의 쓴 잔을 마실 채비를 하고 있던 그때. 옆 자리 쟁쟁한 짝꿍이의 목소리가 들려온다.

물론 그 당시 짝꿍이의 대답이 무엇이었는지는 기억조차 나지 않는다. 하지만 한 가지 확실한 건, 해야 할 자리에서는 언제나 그렇듯, 조목조목 일목요연하게 자신의 생각을 전달했던 것만은 틀림없다.

이제는 당당히 말하며 살기로 했다

짤막했던 짝꿍이와의 1차 면담(?) 후 이제 내 차례. 앉아 있던 세 명 중 한 명의 심사 위원이 물었다.

"이옥제 씨께서는 왜 장애인과 협업을 하려고 하시나요?"

"러닝메이트가 되기 위해서입니다."

"러닝메이트라면 무엇보다 중요한 게 시간 계산인데, 지금 5분이나 일찍 끝나 버린 것 아시나요?"

"예정된 시연 순서가 변경되며 있었던 약간의 혼선 탓입니다. 현장에서의 실수는 없을 것입니다."

현장에서 던져진 즉석 질문에 있는 그대로 답했던 각자의 대답들이 다소 만족스러웠던 걸까. 몇 초간의 침묵 후 다시 입을 연 한 심사 위원이 이번에는 우리 두 사람을 향해 묻는다.

"두 분은 이번 양성과정에서 만난 사이인가요?"

"아닙니다. 몇 년 전부터 함께 알고 지낸 사이로, 서로의 부합한 가치를 알아 가던 중, 마침 좋은 기회가 있어 도전하게 되었습니다."

"아, 그렇군요. 두 분이서는 좋은 시너지 효과를 낼 수 있을 것 같습니다."

비로소 손에 땀을 쥐게 했던 시연이 종료되었다. 육십 줄의 내게는 운전면허 시험을 제외하곤 성인이 되어 보았던 첫 시험이었다.

그리고 며칠 후, 문자메시지를 통해 통보받은 결과는 합격! 합격이다!

그렇게 우리는 협업강사가 되었다.

세 번의 도전, 그리고 처음 강사 양성과정에 대한 수강을 시작한 날부터 정확히 1년 5개월 만에 이뤄 낸 우리 두 사람의 결실이자, 노력의 훈장이었다.

#3. 변화

협업강사로서의 공식적인 자격을 취득한 이후 왕성한 현장 활동을 펼치고 있는 지금까지. 내게 나타난 가장 큰 변화가 있다면 바로, 보다 확실한 목표가 생겼다는 거다.

책의 지면을 여기까지 훑어 오며 이미 눈치를 챈 분들도 있을 테지만, 사실 처음 장애인권강사가 되고자 했었던 우리의 목표는 협업강사로의 완성이 아니었다. 물론 아닌 말로 무슨 놈의 근자감이었던지. 처음 장애인권강사 양성과정에 대한 공부를 시작할 때, 아니 시작을 하기도 전부터 웬 놈의 삘~을 찾으며 '장애인과 비장애인이 함께하는 인권교육이야 말로 진정한 장애인권교육'이라는 주장을 펼쳐 내긴 했었지만, 솔직히 어느 정도는 그저 허무맹랑한 이야기로 간주될 거라는 걸 전혀 모르는 바도 아니었다.

그래서 그냥, 짝꿍님도 나도 각자의 위치에서 조그마한 기반을 갖출 수 있기만을 바라며 시작한 일, 부딪혀 온 길이었는데.

막상 직접 마주해 본 세상은 그런 우리를 비웃고 있었다. 적어도 오직 나의 상식선에서는 지금까지의 내가 생각해 왔던 것보다도 더 심한 사회의 불균형과 그에 따른 부조리를 내보이고 있었다.

말로는 무조건적인 동정과 시혜를 거부하고, 차별의 이유가 될 수 없는 차이일 뿐이라고 외치고 있으면서도 정작 올바른 균형을 맞추려는 어떠한 고민과 노력조차 없이 조금만 더 무게를 실어 달라고, 우리 쪽이 무거운 게 당연하다고. 여전히 자신들의 목소리를 들어주기만을 바라는 형국에 어찌 통합을 말하고, 평등을 말하고, 더불어 사는 세상을 말할 수 있단 말인가.

장애의 유무를 떠나 '인권'

'인간이 누려야 할 마땅한 권리'들을 말하고, 그저 이 사회의 일원으로서 '모두 함께' 그 권리를 누릴 수 있는 방법이 무엇인지를 고민하자는 자리에 장애인이라서 되고, 비장애인이라서 안 된다는 그 발상은 도대체 어디서부터 시작된 황당무계한 말인가 말이다.

이는 인권강사로서도, 일부의 항간에서 말하는 '자신들의 편의를 합리화 시키려' 협업교육을 주장하는 사람으로서도 아닌 나 역시 벌써 30년, 때론 땅을 치고 뒹굴며, 죄 없는 내 몸뚱아리를 짓이기며 "도대체 왜 나냐고" 울부짖는 장애인 당사자 중 한 명이기에 가감 없이 힘주어 할 수 있는 말이리라.

아무튼 이제는 더 마음껏 이런 주장을 내세울 수 있는 합리적인 이름도 찾았겠다, 더 열심히 하고 싶었다. 확실히 보여 주고 싶었다. 지금까지는 그래 왔을지라도 더 이상은 장애인과 비장애인이라서, 도움을 주고받는, 보조를 하고 받는, 수직적인 관계만이 아닌 동료, 친구, 사람으로서 함께 어깨를 나란히 하는 수평적인 관계 역시 얼마든지 가능하다는 것을, 그리 막연한, 어려운 일이 아니라는 것을, 그리고 우리 모두가 이렇게 살아야 마땅하다는 것을. 우리 두 사람의 모습을 통해 나타내는 확실한 기회로 삼고 싶었다.

물론 이런 나의 목표가 무색하게도 여전히 압도적인 수치로 장애인 당사자인 이소나를 먼저 찾고 우선시하는 교육 의뢰처들에 1인 강사료만을 받아 가면서도 꿋꿋이 "저희의 교육은 2인 강사가 진행하는 협업교육 형태입니다." 하며 동행한 짝꿍님에게 적나라하게 드러내는 싸늘한 표정, 마치 그림자를 보기라도 하는 듯 무시하는 태도로 일관하는 기관의 담당자들을 마주할 때면 화가 난다. 1인을 요청했는데 2인을 마주했을 때의 그 부담이야 모르는 바가 아니지만, 어떻게 하면 이렇게 인간에 대한 기본적인 예우조차 갖춰 내지 않을 수가 있는지. 어이를 상실하는 경험을 한 적도 많았다.

하지만 분명 사회는, 그리고 사람들은 변하고 있었다.

'아니 도대체 왜?'
아무리 사전에 2인 강사의 출강에 대한 설명을 들었다 할지라도 막상 사람을 마주하고 보니 더욱 차오르는 당혹감을 숨기지 못한 채 의아한 표정을 드러내다가도, 교육이 진행되는 동안만큼은 절대 소홀하지 않은 우리의 진심을 건네받기라도 한 건지. 쉬는 시간이 되자 1인 강사용으로만 지급되는 물 한 병에 한 병을 쓱 추가해 주기도 하고.

"두 분을 모셔 놓고도 강사료는 한 분밖에 지급해 드리지 못해 죄 송합니다."

내막을 다 알고 교육에 대한 의뢰를 수락한 우리보다 더 민망해 어쩔 줄 몰라 하던 기관이었는데,

"이번에도 두 분이 오시죠?"

그 다음 해, 자발적으로 1인 플러스알파의 강사료를 설정해 재출 강을 요청하기도 하는 등. 조금씩이지만 그렇게 우리 두 사람을 인 정하기 시작했다. 이런 것들이야말로 우리 두 사람을 통해 정말 함 께함의 의미가, 그 가치가 무엇인지 스며들었기에 나타날 수 있는 행동적인 변화들이 아닐까?

물론 우리 두 사람이 이러한 변화를 맛보게 된 데에는, 그리고 해 를 거듭할수록 "올해도 열심히"를 외치며 인권강사로서의 강렬한 부스터 엔진을 꺼트리지 않을 수 있는 데에는 우리 두 사람의 삼세 번, 중증장애인-비장애인 협업강사 양성과정의 교육 기관이 되어 준 곳이자 2021년 현재까지 우리 두 사람이 왕성한 활동을 펼칠 수

있는 든든한 소속 기관이 되어 주는 '나야장애인권교육센터'의 무궁한 공이 서려 있는 덕분임을 안다.

앞서 한 차례 언급한 바대로 중증장애인과 비장애인이 함께하는 협업교육의 공식적인 인정 범위는 법정의무교육인 '직장 내 장애인 인식개선교육'에 국한된 데에도 불구하고, 형태를 가리지 않는 교육의 연계로 우리의 역량을 펼치는 일에 힘을 실어 주는 것을 넘어,

"두 분은 한 팀으로 움직이는 협업강사분들이세요."

강사를 배정하는 기관 측에서는 상당히 난해하고 부담이 가는 일임에도 충분한 사전 설명으로 우리 두 사람의 교육 형태를 소개하고, 가급적 1인 플러스알파의 강사료가 책정되도록 하는 등. 힘 닿는 대로 협업의 가치를 알리는 우리 두 사람의 행보에 전폭적인 지지를 보내 주는 우리의 일터, 소중한 공동체 나야장애인권교육센터에 이 지면을 빌어 소박한 감사를 전하고 싶다.

#4. 마음 두 개

　정보화 시대, 4차 산업 혁명, 언택트 시대. 이유나 계기가 무엇이든 간에 세상은 빠르게 변화하고 있다. 하지만 어쩐지 10년 전에도, 20년 전에도. 변화하는 세상의 속도에 동화되지 못한 채, 사회적 약자, 소수자란 이름 하나로 늘 수직관계가 되어 있는 장애인과 비장애인.

　어쩌면 원래 그렇다 무심했을지도 모를 일이다. 어쩔 수 없다 생각했을지도 모를 일이다.

　아직까지는…. 세상이 심어 놓은 한계를 수용하며 생긴 일일지도 모를 일이다.

　하지만 누군가가 이 세 가지 이유를 들며 지나보내 버린 지금 이 시간에도, 앞선 마음을 부여잡고 고민하고 있을 누군가에게 "아!" 하고 무릎을 치는 지침서가 되어 주기를.

　이 글을 통해 모아진 이 아무것도 아닌 이야기가 누군가에게는 작은 계기가 되어 장애의 유무를 넘어 사람 대 사람으로, 함께 먹고

마시고 울고 웃는 수평적 관계를 고민하는 변화의 바람을 가져다 주기를.

바라는 이 마음이 우리 두 사람이 책을 쓰게 된 이유일 것이다. 언뜻 보면 부끄러울 정도로 사소한 우리 둘의 이야기를 세상에 내놓기로 용기를 낸 이유일 것이다. 앞서 말했지만, 비록 동상이몽이었을지라도 결국은 함께 행복하기를 바랐던 우리 둘의 마음처럼. 지금 이 책을 읽고 있는 여러분들 역시 모두가 함께 행복해지는 일을 위해 한 번 더 생각하고, 한 번 더 고민해 주시기를 바라는 우리 둘의 마음일 것이다.

#5. 그를 만나기 전에는

언젠가, 내가 장애 계통에 몸을 담고 있는 걸 알고 있는 친구에게서 이런 질문을 받은 적이 있다.

"요즘은 길에 장애인들이 왜 이렇게 많아진 거야?"

"음…. 아마 앞으로는 더 많이 보게 될 거야."

더 이상의 장황한 이야기들을 늘어놓아 봤자 그리 귀담아 듣지 않을 거라는 걸 알기에 굳이 부가적인 설명을 더 덧붙이진 않았지만, 나는 어느새 마음속으로 되뇌고 있었다.

'장애인. 그들이 많아진 게 아니라, 차마 집 밖으로 나올 엄두조차 낼 수 없었던 그동안의 사회적 환경 탓일 뿐'이라고.

짤막한 친구와의 대화를 마치고 나니, 불현듯 그동안의 숱한 교육 현장의 에피소드들 중 한 가지의 기억이 머릿속에 꽉 채워진다.

때는 2020년의 어느 가을. 활동지원사 보수교육 중의 직장 내 장애인 인식개선 교육을 진행하는 자리에서였다. 한 시간의 교육이 끝난 후, 나와 짝꿍이가 서 있는 곁으로 다가온 한 참여자분께서 말씀하셨다.

"강사님! 사진 한 장 같이 찍으실 수 있을까요?"
"아, 네네…."

이제는 당당히 말하며 살기로 했다

그동안 수많은 교육처들에서 교육이 끝난 직후,

"위로가 되는 시간이었어요. 고맙습니다!"
"강사님, 명함 한 장만⋯."
"악수 한 번 합시다!"
"우리 이용자도 젊고 똑똑한데, 이소나 강사님처럼 될 수 있을까요?"

뭐 이런 참여자들의 호응 섞인 피드백이 있긴 했었지만, 사진 촬영 요청까지는 처음이었던 날. 사진 촬영을 마치고 난 후에도 우리 두 사람을 향해 연신 최고를 외치셨던 한헤이즐리 님께서는 그날 저녁, 찍은 사진과 함께 아래와 같은 메일로 못다 한 자신의 마음을 전하기도 하셨다.

안녕하세요. 이옥제 선생님.
오늘 직장 내 장애인 인식개선 교육 시간에 인사 나눈 한헤이즐리라고 합니다. 명함을 주셔서 이렇게 연락드릴 수 있게 되어 기쁩니다.

강의 시작 전에는 이소나 선생님의 활동지원사님이신 줄 알고, 저는 속으로 "와~ 장애인과 활동지원사가 외부교육 강사로서 파트너십으로 동료로 함께 일을 하니 멋지구나." 하며, 저도 제가 돌보는 아이와 외부활동 호흡을 같이할 수 있을까… 잠시나마 뭐 이런 혼자만의 생각을 했었더랬습니다.

…(중략)…

다시 뵐 수 있는 기회가 있을까요? 생각해 보게 됩니다. 짧은 시간 뵈어서 아쉬웠습니다. 코로나, 감기 조심하세요, 이옥제 선생님. 오늘 만나 뵈어서 반가웠고요, 강의 훌륭하십니다!!
한헤이즐리 드림.

생각지 못한 메일 한 통은 우리 두 사람의 마음에도 상당한 응원과 뿌듯함으로 다가오기에 충분했고, 그 후 서로에게 받은 그 감동은 몇 번의 전화통화로까지 이어지게 되었는데….

"미국과 우리나라는 활동지원사에 대한 개념이나 처우부터가 많은 차이가 있을 텐데. 다시 한국에 오셔서 활동지원 일을 하며 힘든 점은 없으신가요?"

미국 국적의 남편과 결혼하여 한국으로 오기 전, 미국 현지에서도 활동지원사로의 일을 하셨다는 한혜이즐리 님께 드린 나의 질문에 "아무래도 미국은 한국보다 많이 안정적이지요."

더 이상의 말을 아끼며 짤막한 대답만을 남기신 한혜이즐리 님께서는 대신 본인의 경험담 하나를 이야기하는 것으로 긴 이야기를 이어 가셨다.

"…(중략)… 한국에 와서는 장애인들을 많이 볼 수가 없어서 깜짝 놀랐어요. 미국은 엄청나게 돌아다니거든요."

"아, 아 그렇죠?"

예상치 못한 말에 엉겁결에 대답을 하긴 했지만, 잠시 잠깐 당황스러웠던 순간의 기억이 아직도 생생하다.

누군가는 왜 이렇게 장애인이 많아졌냐고 묻는데, 누군가는 왜 이렇게 장애인이 안 보이냐고 묻고. 이 무슨 서울과 평양도 아닌 같은 서울 하늘 아래 이렇게 정반대의 시각차를 두고 살아가는 지금이 정녕 21세기, 스마트시대가 맞긴 하단 말인가.

그러나 사실 나도 그랬다. 장애인 이소나를 만나기 전에는, 더 나아가 여러 명의 장애인 당사자들과 함께 어우러져 장애인권에 대한 관심을 두고 지식을 쌓아 가기 전에는,
"요즘은 그동안 안 보이던 장애인들이 심심찮게 보이는 것 같아."
정도의 생각을 갖고 살아가던 한 사람에 불과할 뿐이었다.

하지만 대한민국 땅, 한 명의 장애인으로 살아가는 이소나를 만나 함께 밥을 먹고, 차를 마시고. 더 나아가 함께 공부하고 일을 하며 어느덧 일상을 함께하는 사이가 되고 나니 육십 평생 느껴 보지 못했던 우리 사회 속 곳곳의 불편함과 부당함의 폭력성은 곧 내 것이 되어 다가왔다.
서울시민들이 가장 많이 이용한다는 대중교통 지하철. 그 공간만 해도 그랬다.
그를 알기 전에는, 그와 함께하기 전에는 전혀 알 수 없었던 시설과 공간의 폭력성 앞에서 분노가 치밀었고, 일부의 비장애인들에

이제는 당당히 말하며 살기로 했다

게서 나오는 동정의 시선과 언어폭력에 옆에 있는 나 역시도 함께 자존감이 무너지는 쓰디쓴 경험도 하게 되었다.

지하철 역사의 엘리베이터, 저상버스, 경사로.

있는 게 당연한 줄만 알고 아무렇지 않게 이용했던 각종 편의시설들은 어떻게 생겨나게 되었을까?

대부분의 사람들은 그저 고령화 사회의 진입으로 늘어나는 노령 인구 수에 의해, 국가적 차원에서 자원해 생겨난 것들 정도로만 알고 있을 것이다. 물론 그들의 무지함을 탓하고 싶진 않다. 다시 한번 말하지만 나 역시도 그런 생각을 가진 사람 중 한 명이었으니까.

하지만 그렇게 단순히 '국가적 차원의 친절한 예우' 정도로만 생각했던 시설들이, 그래서 더욱 발 빠른 우리 사회의 변화에 감탄을 하게 했던 그 시설들이 목숨을 담보하여 수십 년간 사회의 부당함을 외쳤던 수많은 장애인들의 투쟁의 결과라는 것을 알게 되었을 때의 그 충격은 과연 어떤 말로 다할 수 있을까.

#6. 침묵에 대하여

첫 번째 도전이었던 장애인권강사 양성과정의 수강 중. 짝꿍이의 첫 번째 저서《똥! 똥! 똥!》의 기획 위원 중 한 명이었던지라 일면식이 있었던 그날의 강사분은 쉬는 시간. 역시 우리 두 사람을 알아보곤 조곤조곤 미소 띤 얼굴로 다가와 물었다.

"두 분이 이거 해서 뭐 하시게요?"

그 때야 그저 '뭐가 됐든 모르는 것은 모르는 사람만 손해이니 공부해서 나쁠 일은 없겠다.'라는 생각뿐. 그리고 누차 말하지만 짝꿍이에게 찾아들 수 있는 좋은 기회를 위한 러닝메이트로 남겠다는 생각 뿐. 딱히 어떤 결과를 이뤄 내기 위해 덤벼든 일이 아니었다. 짝꿍이는 진지했지만, 나는 그랬다.

하지만 이제는 말할 수 있다. 그래서 굳이 이제와 답을 해 볼까 한다. 물론, 당시 우리 두 사람에게 질문을 했던 강사분은 본인이 이런 질문을 했는지조차 기억하지 못할 테지만 말이다.

답은 간단하다.

"사유하지 않는 것은 죄다!" 책《예루살렘의 아이히만》속 한나 아렌트의 말이다.

불의한 것을 보고도 못 본 척 침묵하는 것은 죄를 짓는 것이라는 독일의 철학자 한나 아렌트의 말처럼, 내가 알아 버린 것에 침묵하고 다시 못 본 척 돌아서기에는 이제 나의 양심이 허락하지 않기 때문이다.

"나 너무 힘들어 너 혼자 해."

간혹 마음처럼 따라 주지 않는 체력적 한계에, 그리고 아무리 노력해도 허락되지 않는, 변화되지 않는 것만 같이 느껴지는 구조적인 한계에 불쑥불쑥. 우발적인 마음이 먼저 앞서 괜스레 푸념 아닌 푸념을 하기도 하지만 그게 또 나인걸 어쩌겠는가.

모르던 것을 알아 간다는 것.

누군가에게는 당연한 것들이 누군가에게는 부당한 일이라는 우리네 삶의 대립을 알게 된 후, 서로의 부당함을 당연함으로 바꿔 보고 싶은 마음, 그렇게 서로의 진정한 상생을 꿈꾸고 바라는 마음이 내 것이 되었다는 것. 여전히 힘들고 어려워도 이제 진짜 하고 싶은 일, 알리고 싶은 일이 되었다는 것. 이게 바로 진정한 행복이 아닐까?

그래서 나는 또 나답게, 그리고 우리답게. 알아 버린 일들에는 더 이상 침묵하지 않으며 또다시 당당하게 말할 것이다.

우리 모두는 행복해야 할 권리가 있다고, 조건에 상관없이 그저 사람으로 모두가 함께 행복해지는 일을 같이 고민하고 같이 노력해 보자고 말이다.

언제까지? 글쎄, 내 기억이 온전하고 내 건강이 허락될 때까지 정도로 해 두는 걸로 하자.

소나&옥제's Talk

#7. 둘의 힘

"사람은 누구를 만나느냐에 따라 삶의 모습이 달라진다."

'풉, 그럼 그렇지.'

앞에서는 마치 자기네들은 뭔가가 조금 다른 것처럼 실컷 떠들어 대 놓고서, 기껏 마무리로 선택했다는 말이라곤 누구나 다 아는 뻔한 문장이라니. 누군가는 코웃음을 칠지도 모르겠다.

하지만 돌아보니 이게 바로 우리였고, 또 앞으로 우리가 가야 할 길에 대한 메시지였다. 멀리 갈 것도 없이 이소나를 만난 이옥제의 삶의 모습이 달라졌고, 이옥제를 만난 이소나의 삶의 모습이 달라졌기 때문이다.

누군가는 말한다. "그래 봤자."

그래 봤자 세상은 변하지 않는다는 거다. 그래 봤자 한두 시간의 장애인권 교육으로 뭐가 그리 달라질 수 있겠냐는 거다. 그리고 너무 슬프게도 어쩌면 맞는 말일지도 모르겠다. 우리 딴에는 열심히 해 본답시고 아무리 전국 방방곡곡을 누비며 인권을 말하는 목소리를 높인다 해도,

"아이고~ 오랜만에 만났네. 잘 지냈어?"

장애를 가진 사람이 주 고객층일 수밖에 없는 장애인들의 주 교

통수단 장애인 콜택시에서 마저 장애인이라는 이유로, 또 장애인과 함께라는 이유로. 당연한 듯 반말을 일삼는 일부 기사님들의 모습 등. 아직도 예상치 못한 곳에서 적나라하게 마주하는 현실의 벽은 때로 우리를 하염없이 통탄하게 하기 때문이다.

하지만 우리의 모습과 우리의 목소리가 비록 통째의, 전부의 변화는 못 될지언정 변화의 힘, 변화의 기회가 되는 요소로 작용할 수 있진 않을까?

"기사님, 반말은 안 하셨으면 좋겠습니다."

예전 같으면 꾹 참고 넘길 일이었겠지만, 당당하게 이야기하니 "아, 죄송합니다." 일말의 변화를 노력했던 장애인 콜택시 기사님과의 어느 날 일화처럼 말이다.

그래서 우리는 전진한다. 누군가에게는 힘이 되고 기회가 될 우리의 말들로, 모습으로. 조금씩 천천히, 그러나 반드시 이루어질 모두의 행복을 기대하며 말이다. 아, 그리고 가끔씩 드리우는 힘듦보다도 몇 배가 되는 혼자 아닌 둘의 힘을 믿으며 말이다.

이제는 당당히 말하며 살기로 했다

부록 - 에이블뉴스 칼럼

이옥제의
준비됐나요?

※ 본 부록은 2019년 인터넷 장애인 신문 〈에이블뉴스〉의 칼럼니스트로 활동했던 이옥제의 칼럼 모음글 일부입니다.

진정한 장애인식개선은
사회질서에서부터

(기사 작성일: 2019. 1. 15.)

'카톡~'

지난 해 결혼 이민 비자를 받아 일본
에 거주하고 있는 아들에게서 메시지가
왔다. 언제나 반가운 아들의 연락, 그런
데 이번엔 안부와 함께 보내 온 몇 장의
사진이 더욱 내 이목을 집중시켰다.

"일본 거리에 있는 점자블록, '이것은
눈이 불편하신 분들이 이용하는 곳이니
물건을 놓지 말아 주세요.'라고 써 있는 거예요. 혹시 엄마 강의하
실 때 자료로 활용할 수 있을까 해서 찍어 봤어요."

머릿속 가득 물음표를 낳았던 궁금증도 잠시, 뒤이은 아들의 말에 사진을 조금 확대시켜 보니 정말 오돌도돌한 점자블록 위에 몇 글자의 일본어가 덧쓰여 있었다.

'아…. 이런 방법도 있구나?!'

생각지 못한 아들의 정보에 이모티콘 하나로 고맙단 말을 대신 하노라니 문득 지난해 어느 여름날 마주했던 사건(?) 하나가 나의 뇌리를 스쳐 간다. 기록적인 폭염이 기승을 부리던 지난해 여름. 여느 때처럼 외출을 위해 집을 나선 날이었다. 빠듯한 약속 시간에 종종걸음을 치며 발길을 재촉하던 나였지만 얼마 지나지 않아 내 눈앞에 나타난 다소 어이없는 광경 앞에 잠시 발길을 멈추어 설 수밖에 없었다. 그것은 다름 아닌 인도의 점자블록 위와 그 주변을 걸쳐 떡하니 세워진 한 카페와 분식점의 입간판이었다.

'이걸 어쩌지…. 저대로 두면 위험할 텐데….'
잠시의 고민 끝에 카페의 문을 열고 들어가 상황을 설명한 후 입간판의 정리를, 손님이 많아 말씀드리지 못한 옆 분식점에도 대신 전달을 부탁드렸다.

그런데 잠시 후,

"아니! 점자블록 위도 아니고 옆에다 뒀는데 뭐가 문제예요?"

나의 말에 고개를 갸웃거리며 나갔던 사장님이 되려 언성을 높여 벌컥 화를 내며 들어오시는 게 아닌가.

"인도에 입간판을 두는 것 자체가 불법 아닌가요?"

다소 황당한 사장님의 반응에 더는 설명할 마음도, 시간도 없어 함께 언성을 높이니 그제야 놓인 입간판을 조금 더 멀리 치워 두시던 사장님.

하지만 그로부터 며칠 후, 함께 높였던 언성은 소리 소문 없이 다시 원위치로 돌아가 있던 입간판을 확인한 순간, 조금은 괘씸하고도 씁쓸한 마음을 가지고 사진을 찍어 120 서울시 다산콜센터에 계도 요청 문자를 보내며 SOS를 요청할 수밖에 없었다.

"에휴···. 이래 봤자 어차피 시간 지나면 또 똑같아질 텐데···."

살고 있는 아파트 단지 안 장애인 전용 주차 구역을 너무도 당당하게 애용하는 비장애 주민이 있어 다산콜센터에 이에 대한 조치를 부탁하였으나 얼마 지나지 않아 도루묵이 되었던 몇 년 전의 기억을 씁쓸히 소환하며 말이다.

어라? 그런데 이 카페와 분식점. 신고 후 6개월이 지나고 해가 바뀌어도 그 당시 구청 공무원의 계도 그대로 입간판이 치워져 있다. 공무원의 방문으로까지 이어진 단속이 무서웠던 걸까, 아니면 이제 정말 점자블록의 필요성과 그 위, 그 주변에 방해물이 놓였을 때의 위험성을 알게 된 걸까?

이유야 어찌됐든 이 글을 쓰고 있는 오늘까지도 여전히 그 모양을 유지하며 시각장애인들의 안전을 확보해 주신 사장님께 감사할 따름이다.

우리나라 사람들에게 흔히 일본인들은 예의가 발라 남에게 폐를 끼치지 않는 것이 생활화된 사람들로 알려져 있다. 하지만 그들도 모르면 실수를 한다는 것을, 때로 그 실수는 누군가에게 폐가 되기도 한다는 것을. 그 모든 일들을 미연에 방지하기 위해 쓰인 점자블록 위 글씨가 말해 주고 있는 것 같다.

이는 우리나라 사람들은 예의가 없고, 남에게 폐를 끼치는 것을 아무렇지 않게 생각한다는 이야기가 아니다. 국가와 민족을 넘어 그 주체가 누구이든, 그 행동이 무엇이든 계획된 범죄가 아닌 이상 일부러 누군가를 괴롭히기 위한 행위가 아닌 몰라서, 또는 그 입장이 되어 보질 않아서 벌어지는 실수 아닌 실수일 것이다. 우리가 흔히 말하는 장애에 대한 기본 지식, 장애인에 대한 에티켓 또한 이와 마찬가지일 것이다.

장애인식개선교육이 법정 의무화가 된 지금. 비단 한 번의 교육으로 그 많은 장애에 대한 지식을 다 남겨 줄 순 없겠지만 적어도 당장 우리의 일상 속에 적용되어 있는 것.

예를 들면, 점자블록은 시각장애인들이 그 위를 서커스 하듯 밟는 용도가 아닌 흰 지팡이를 사용해 길을 읽으며 지나가는 곳이며, 장애인 전용 주차 구역은 왜 다른 주차구역보다 넓어야 하는지 등등이 어린 시절 교과목을 통해서부터 학습되어 진다면 조금은 더 빠르고 바른 장애인식개선이, 장애인권이 완성될 수 있지 않았을까?

우리 사회는 1년에 한 번 실시되는 장애인권 교육만으로는 부족한 요소들이 너무 많음을, 더 나아가 편의시설에 대한 이해는 장애인권과는 무관한 사회질서 교육으로 이루어져야 함을 다시 한번 깨달으며 마음이 무거워지는 오늘이다.

이제는 당당히 말하며 살기로 했다

발달장애 청년과의
우연한 마주침이 준 '울림'

(기사 작성일: 2019. 2. 18.)

지난 설 연휴, 세배를 하러 오겠다는 딸 내외의 연락에 아직 돌쟁이인 어린 아기까지. 두 아이들을 데리고 오가는 귀경길의 수고를 덜어 주고자 직접 딸네 집을 방문하여 함께 시간을 보내던 날이었다.

저녁 식사와 뒷정리를 마치고 나니 어김없이 나타나는 불청객, 음식물 쓰레기. 창문 너머 찬바람이 나부끼는 바깥의 풍경에 잠시 꾀가 나기도 했지만 조금이나마 어린 아기를 품에 낀 딸의 손길을 돕고자 아파트 단지 안 공동 쓰레기장으로 종종걸음을 치던 중, 어디선가 커다란 목소리가 들려 왔다.

"아줌마! 이리 오세요!"

뜻밖의 고성에 잠시 주위를 둘러보았지만 밖은 이미 어스름한 저녁이었기에 한산했던 아파트 단지 안. 그래도 설마 나는 아니겠지, 다시 가던 길을 가려는데 걸음을 떼기가 무섭게 재차 같은 소리가 들린다.

"아줌마! 이리 오세요!"

그제야 그 소리가 나를 향한 외침이었음을 직감한 나는 꿀꺽. 마른 침을 삼키고 말았다. 짧은 머리에 건장한 체구, 무언가 나만을 겨냥한 눈빛을 품은 남성의 모습에 순간적인 불안이 엄습한 것이다.

'집으로 다시 들어갈까? 아냐, 비밀번호 누르는 동안 쫓아올 거야….'
'빨리 쓰레기만 내려놓고 상가가 있는 쪽의 계단으로 뛰어 올라갈까? 하지만 저 남자가 나보다 더 걸음이 빠를 텐데….'

그야말로 예기치 못한 상황에 쉽사리 어떤 결론도 내지 못한 채 하얘진 머릿속으로 그곳을 예의 주시하는 동안에도 여전히 그곳에 있던 그는 계속해서 같은 말을 반복할 뿐이었다.

　　　　이제는 당당히 말하며 살기로 했다

"아줌마~ 이리 오세요!"

어? 그런데 이 남성. 떨리는 목소리에 어딘가 부자연스러운 손동작까지. 반복적인 말을 하면 할수록 무언가 불안해하는 기색이 역력한 듯 보였다.

'아…! 혹시?'
불현듯 뇌리를 스쳐 가는 깨달음에 서둘러 다가가니 역시, 발달장애인 한 분이 아파트 공동 현관 앞을 서성이고 있었다.

"여기, 눌러 주세요!"

애타게 부르던 아줌마가 다가가자마자 급하게 내뱉은 말과 함께 그가 가리키는 곳은 다름 아닌 공동현관의 비밀번호 숫자판. 손에 쥔 종이에는 아파트의 동 호수, 그리고 딸네 집과 같은 공동현관 비밀번호가 적혀 있는 것을 보니 아마도 명절을 맞아 지인의 집을 방문하는 길인 듯 보였다.

"종이에 있는 숫자 눌러 줄까요?"

"네!"

잔뜩 힘을 주며 아줌마를 부르던 매서운 눈빛은 어디 가고 그지없이 해맑은 표정으로 대답을 하던 그는 드르륵, 공동 현관의 문이 열리는 소리와 함께 "감사합니다!" 눈길 한 번 주지 않는 인사와 함께 마침내 아파트 안으로 들어갔다.

언제부터였을까, 추위에 떨며 현관 앞을 지키고 있던 그의 시간이.
언제부터였을까, 외모로 누군가를 평가하는 나의 모습이.
언제부터였을까, 차이가 차별이 되는 것이 너무나 자연스러운 우리 사회의 모습이.

추운 날씨에 한참 동안 밖을 지키고 있었을 아들 또래의 그 뒷모습을 보며 명색이 인권강사로서 차별은 그 누구에게도 적용되지 않는다 말하는 나의 시선이 아직 이 정도니 발달장애, 더 나아가 모든 장애를 바라보는 우리의, 우리 사회의 인식 척도는 과연 어느 만큼일까. 잠시 고민에 빠진 날이었다. 아직도 차이를 차별로 두는 편견의 눈에서 벗어나지 못한 나의 지난날을 돌아보며 재차 한마디를 새기던 날이었다.

이제는 당당히 말하며 살기로 했다

"차이는 차별이 될 수 없습니다."

"차이는 차별이 될 수 없습니다."

"차이는 차별이 될 수 없습니다."

〈그린 북〉과 흑인·백인, 장애인권과 장애·비장애

(기사 작성일: 2019. 2. 28.)

몇 주 전, 〈에이블뉴스〉의 지면 속 기사들을 보며 시간을 보내고 있던 날이었다. 여러 정보와 소식들이 들어찬 지면의 정독(精讀) 릴레이를 이어 가던 중, 유난히 오래도록 나의 눈길이 머물렀던 것은 타 칼럼니스트의 칼럼 한 편이었다.

〈우리 안의 그린 북〉이라는 제목으로 시작되는 글에는 지난 1월 개봉한 영화 〈그린 북〉에 대한 간략한 줄거리와 더불어 과거와 현재의 사회적 통념과 현상, 그리고 그에 대한 본인의 소고들을 담아내고 있었다. 압축해 놓은 한 편의 글을 보니 전체적인 영화의 내용이 더욱 궁금해지기 시작했다. 하지만 이미 개봉 한 달여가 지난 시점이었기에 거의 대부분의 영화관에서는 상영이 종료되어 있었고, 결국 추후 VOD의 구매를 기약하던 중, 집 근처 소극장에서 막바지로 상영되고 있던 영화 시간표를 발견하곤 지난 주, 짝꿍 강사와 함께 영화가 상영되는 서울 노원의 '더 숲 아트시네마'로 향했다.

다시 한 번 간략히 영화의 줄거리를 이야기하자면, 1960년대 미국 남부지역을 배경으로 만들어진 이 영화는 당시 인종차별이 심했던 미국, 그 중에서도 남부지역은 흑인들에게 상당히 위험한 곳이었음을 말해 준다. 하지만 부득이(?) 이러한 지역을 여행하는 흑인들에게 안전한 숙박 및 편의시설들의 정보를 담은 가이드북이 제작되었는데 이 가이드북의 저자는 흑인 우체부 '빅토르 휴고 그린'. 그래서 붙여진 이름이 '그린 북'이다.

주인공 중 한 명인 토니는 지식과 상식은커녕, 주먹과 허세로만 똘똘 뭉쳐진 백인 남성의 클럽 종업원이다. 역시 이 주먹과 허세가 부른 화로 인해 하루아침에 일자리를 잃은 그는 우연한 기회로 미국 남부지역으로 순회공연을 가는 흑인 피아니스트 돈 셜리 박사의 운전자로 몇 개월간 고용계약이 된다.

평소 흑인에 대한 편견이 있던 토니. 하지만 당장 돈이 필요했기에 단순히 운전만 하고 돈을 받을 생각이었던 것이다. 그러나 함께 지내는 시간이 더해질수록 돈 셜리 박사의 피아노 연주 솜씨나 인품을 인정하게 되고, 그로 인해 순회공연 중 맞닥뜨리게 되는 인종

차별, 그리고 여러 불합리한 일들에 함께 맞서고 대항하게 된다.

결국 처음의 계획과는 다르게 매니저 겸 보디가드, 그리고 친구가 되어 가는 과정을 보여 주는 영화. 실화를 바탕으로 제작된 이 작품은 영화의 말미에 지난 2013년, 서로가 몇 개월 차이를 두고 사망할 때까지 50년의 시간 동안 지속된 우정을 기록한 메이킹 영상이 덧붙여진다.

이 시대를 배경으로 한 인종 영화가 대부분 그러하듯 어쩌면 당연할 수도 있는 인종차별 영화가 이렇게 또다시 한 편의 글이 되도록 내 마음에 오래 남은 이유는, 영화의 상영 중간 중간, 비춰지는 장면들을 통해 다시 한 번 옆에 있는 짝꿍 강사와의 만남이 자연히 떠오르던 시간이었기 때문이다.

뇌병변이라는 신체적인 장애 외에 공황장애와 불안장애를 함께 동반하여 스스로 외부와의 끈을 단절시키려던 그의 심성과 글재주가 너무 아까워 할 수 있다고, 내가 손잡아 줄 테니 함께 세상으로 나가 보자고 그의 손을 잡았던 4년 전. 그리고 그러한 나의 진심이 통했던 걸까?

지금은 어느덧 출간을 한 작가로 데뷔한 그는 어느 날 내게, 자

이제는 당당히 말하며 살기로 했다

신에게 그랬던 것처럼 앞으로를 만들어 갈 더 많은 이들에게 올바른 통합과 존중의 가치를 전해 주는 인권강사의 길을 함께 가자는 제안을 해 왔다. 그리고 그런 제안을 받아들여 이제는 어엿이 동료 강사가 되어 함께 일하고 함께 고민하는 오늘까지. 이 모든 시간이 더해진 에피소드들이 영화를 보는 두 시간 동안 몇 번이고 찔끔찔끔 새어 나왔던 눈물의 이유를 대신 전해 줄 수 있으리라.

혹인이라는 이유로 허름한 호텔에, 백인이라는 이유로 좋은 호텔에 나뉘어 숙박하는 영화 속 장면에서 편견 가득한 사람들의 시선, 계단과 턱들이 가로막는 우리네 장애인들의 현실이 보였고, 돈 셜리 박사를 따라 혹인들이 주로 출입하는 클럽에 들어서며 쭈뼛대는 토니의 모습에서 지난날의 내 모습이 보였다. 장애인인 그에게 비장애인인 내가 함께 있음으로 인해 그의 자립심을 떨어트린다는 비난은 물론,

"활동보조인이세요?"

지금도 교육현장이 아닌 다른 곳에서는 가장 먼저 듣게 되는 이 한마디에 장애인권 교육은 비장애인이 아닌 장애인 당사자가 해야

할 것 같다며 그만 두기를 고민하던 내게,

장애인과 비장애인 그 누구만을 위해서 만들어지지 않은 이 사회에서 진정한 통합과 진짜 인권존중을 만드는 일은 그 시작이 되는 인권교육부터 장애인과 비장애인이 함께하며 시너지가 발휘되는 '협업교육'이 진행되어야 한다고 핏대를 세우며 나를 설득하기를 반복하던 짝꿍 강사.

그러한 고집 덕분일까. 언제부터인지 협업의 가치를 인정하는 반경이 점점 넓어지기 시작하고, 잦은 협업교육 의뢰가 요청되는 것을 보며 생각한다. 토니와 돈 셜리가 함께했던 시간들이 헛되지 않았던 것처럼 여전히 열을 올리며 주장하는 우리의 협업교육이 결코 헛되지는 않을 거라고. 오늘날 이 시간에도 각자의 자리에서 각자의 목소리로 더 나은 세상을 위해 노력하는 우리 모두의 몸부림들이 결코 헛되지는 않을 거라고 말이다.

이제는 당당히 말하며 살기로 했다

우리의 편견은 어디쯤인가요?

(기사 작성일: 2019. 3. 11.)

"할머니~ 근데 말이야. 소나 이모는 장애인이야?"

3년 전, 지금은 나의 동료가 된 짝꿍 강사를 두고 하던 손녀딸의 질문이었다. 갑작스런 질문에 머뭇거림도 잠시. 미화시켜서 할 얘기도, 할 수도 없어서 즉답을 해 줬다.

"응, 장애인이야."
"그럼 계속계속 그렇게 사는 거야? 계속계속 죽을 때까지?"
"응, 맞아."

순간의 착잡한 표정, 일곱 살 얼굴에 어두운 그늘이 덮인다. 어느 날 갑자기 나타난 무뚝뚝하지만 다정한 이모. 어디가 다친 건지 뒤

뚱뒤뚱, 늘 이상한 모양으로 걷는 이모는 언제 다 나으려나, 1년이 넘도록 날짜를 세며 기다려 봐도 통 좋아질 기미가 보이지 않던 이모에게 시시 때때로 운동 좀 해라, 손가락 좀 펴라, 게으르면 안 된다, 잔소리 폭격을 퍼붓던 이유가 있었구나. 나을 수 있을 거라는 희망. 얼굴에 드리운 어두움에 그 희망이 사라지는 순간이 스치던 손녀딸을 보며 재빠르게 말을 이어 갔다.

"근데 이모는 잘 살 수 있어, 걱정 마. 이모가 똑바로 못 걷는 거 말고 못하는 거 없잖아. 컴퓨터 잘하지, 글도 잘 쓰지, 돈도 잘 벌지. 이모가 너랑 놀아 주고 돈 벌어서 맛있는 것도 사 주고 장난감도 사 주잖아. 그리고 우리가 있어서 외롭지도 않으니까, 앞으로 이모가 잘 먹고, 운동 열심히 하면 지금보다 더 잘 살 수 있어."

자칫 마음의 상처가, 혹은 앞으로 접하게 될 장애의 요소들에 대한 차별의 벽이 생길 수도 있었던 일이기에 솔직하면서도 최대한 쉽게. 아이의 시선에서 답하고자 했던 이 할미의 말이, 아니 마음이 통했던 걸까?

"이모~ 잘 자고 잘 일어났지?"

이제는 당당히 말하며 살기로 했다

"왜 답장을 안 해. 무슨 일 있는 줄 알고 걱정했잖아."

아침저녁 안부문자, 조금 늦은 답장에는 가차 없는 유선전화 등. 무자비했던 잔소리 폭격을 점차 다른 방향으로 바꾸어 가던 내 손녀딸. 그렇게 이제 열 살, 어느덧 초등학교 3학년이 된 아이는 새 학기가 되어 학급 부반장으로 선출된 날. 당연한 듯 전활 걸어 한참 동안 자랑을 늘어놓을 정도로 여전히 짝꿍 강사와 변함없는 이모, 조카 사이를 이어 가고 있다.

뿐만 아니라 작년 2학년 때, 한 달 동안 짝꿍을 했던 발달장애 친구를 생일파티에 초대해 스스럼없이 함께 놀며,

"걔 디게 귀여워. 말도 얼마나 잘하는데~"

그 친구랑 짝이 되어 힘들지 않느냐는 무의식적 편견이 담긴 나의 질문들을 부끄럽게 만들어 버린 내 손녀딸의 새 학년, 새 학기를 응원하며 앞으로도 세상 곳곳에 숨은 다양한 편견들에 물들지 않는 건강한 몸과 마음을 가진 아이로 커 나가길 바라본다.

당신은 착한 시민입니까?
좋은 시민입니까?

(기사 작성일: 2019. 3. 19.)

'아휴…. 이걸 정말 어떻게 해야 하지? 이대로 두면 위험할 텐데….'

몇 달 전부터 집 근처 거리를 지날 때면 영 눈살을 찌푸리게 하는 것이 있었다. 바로 여기저기 패이고 찢겨 평평한 인도 위를 방해하는 날선 보도블록들. 더구나 대로변 상가 밀집 지역이라는 주변 특성상, 식당, 카페 등 그곳에 입점 된 여러 가게들을 이용하려는 많은 차량들이 인도를 범접할 때가 한두 번이 아닌 터라 혹 그곳을 지나게 될 시각장애인이나 휠체어 사용 장애인들의 안위가 늘 염려되곤 했었는데 설상가상, 무슨 이유 때문인지 점점 훼손의 범위가 넓어지는 보도블록들이 한 축을 더한 것이다.

'그래도 어쩌겠나. 별도의 주차 공간도 여의치 않은 데다 이곳의 소상공인들도 먹고는 살아야 하니 어쩔 수 없는 게지….'

하지만 막상 나와 직접적으로 연관된 일이 아니었던지라 마음 한 편의 불편을 착한 마음이라는 이름으로 달래고 삸으며 그곳을 오갔 건만. 급기야 뇌병변장애를 가진 짝꿍 강사가 그곳에 걸려 두어 차 례 넘어졌다는 이야기를 전해 듣고는 더는 미루고 지켜볼 수만은 없 어 사진을 찍어 120 서울시 다산콜센터에 민원 요청을 하였다.

그리고 닷새 후. 말끔하게 포장된 보도블록들의 사진과 함께 받 게 된 서울시의 민원 처리 완료 문자에 "역시 서울시야!"

약간의 뿌듯함이 담긴 기쁨을 만끽하기도 잠시. 채 며칠이 지나 지 않아 같은 위치의 인도 한 부분에서 비장애 지인이 파손된 보도 블록에 걸려 넘어져 심각한 골절 수술을 받게 됐다는 소식을 접했 다. 이야기를 듣고 다시 찾아가 사고의 지점을 유심히 살펴보니 글 쎄, 앞서 시정을 요청한 곳에서 불과 몇 미터 떨어지지 않은 인도의 30m 구간 정도가 파이고 갈라져 차라리 비포장 흙길이 더 안전할 것 같은 상황을 보게 되었다.

'비장애인도 이정도인데 혹 장애인이 지나다 사고라도 났으면….'

찰나의 아찔함에 서둘러 휴대폰을 꺼내 사진을 찍으며 해당 인도의 전 구간에 대한 시정 요구를 생각하고 있던 중, 누르는 셔터 소리와 함께 옆을 지키고 있던 다른 지인들의 의아함이 더해진다.

"그 사진 왜 찍는 거야?"

지인들의 물음에 앞선 상황을 설명하며 조금 더 추가적인 시정 요구를 하려 한다는 나의 대답에 돌아오는 목소리들.

"하지 마. 진상 짓이야!"
"그런 거 잘못했다간 진상으로 찍혀."

응? 내가 잘못 들은 건가?
시민이 시민을 위해 만들어 놓은 공공장소들에 대한 불편을 요청하고, 그 개선을 위해 만들어 놓은 제도를 이용하는 것이 진상으로 찍힐 일이라니. 다소 황당한 주변의 반응에 되려 당황함을 넘어 순간적인 배신감과 함께 두려움까지 엄습한다.

나 아니면 돼, 남의 일에 나서지 마라, 침묵은 금이다, 문밖에 나

이제는 당당히 말하며 살기로 했다

가면 말조심해라….

100년 전, 50년 전, 아니 불과 30여 년 전까지도 우리네 어른들로부터 귀에 못이 박히도록 배워 온 가르침이었다. 그러나 누군가 그랬다. 불의한 일에 침묵하는 것이 가장 공포스러운 일이라고.

아직도 50년 전 그때, 그 삶의 형태를 유지하는 그냥 '착한' 시민이 될 것인가, 아니면 오늘날 이 시대 속에서 때로 불의한 일에 맞서기도 하는 현재를 살며 모두를 위한 삶의 변화를 위해 노력하는 '좋은' 시민이 될 것인가. 시민을 위한 제도를 통해 시민에 의한 진정 더불어 사는 세상을 만들어 가는 나는 좋은 시민이고 싶다.

제도? 정책? 사람이 먼저다!

(기사 작성일: 2019. 5. 20.)

며칠 전, 이른 아침부터 분주하게 시작됐던 일정이 한 시간 정도 일찍 끝난 날이었다. 애당초 일정이 본래의 시간대로 마쳐진 후에도 다음 저녁 일정까지는 제법 여유 시간이 예상됐던 터인지라 느긋하게 저녁 식사를 하고 움직일 생각이었지만, 예상외로 주어진 세 시간가량의 공백에 난감함도 잠시, 근처에 위치한 영화관 건물이 번뜩 머릿속을 스쳐 갔다. 그리곤 '시간만 잘 맞으면 영화 한 편 보고 움직일 수 있겠다.' 하는 생각으로 무작정 입장한 영화관. 상영되고 있는 영화의 시간대를 찬찬히 살펴보노라니, 마침 상영이 종료된 후에도 다음 일정에 이동할 시간까지 충분히 주어질 법한 영화 한 편이 보인다.

바로, 지난 5월 16일 개봉한 배우 문소리 주연의 영화 〈배심원들〉

어린 시절 입은 화상으로 인해 양손의 절단장애와 안면장애를 가진 중년 남성, 이 중년 남성에게는 노모(老母)와 여고생인 딸이 있다. 이미 백발이 성성한 것은 물론, 허리가 굽을 대로 굽었지만 신체적인 장애로 인해 변변한 직업이 없는 아들, 그리고 손녀딸을 위해 식당일을 하며 생계를 유지해 온 노모는 급기야 극심한 요통으로 일을 할 수 없는 처지에 이른다.

하지만 도움을 요청하러 간 주민센터에서는 영구적 장애가 아닌 통증으로 인한 일시적 노동의 상실은 지원 대상이 아니라는 말뿐. 반복적인 분노로 표출한 절박함에도 동일하게 돌아오는 결과에 결국 가정이 파탄 나고, 순식간에 어머니를 죽인 살인자가 되어 재판을 받는 과정을 그려 낸 영화는 2008년 첫 시행된 국민 참여 재판의 사건을 배경으로 하여 실화를 바탕으로 제작된 것이라고 한다.

그렇게 영화가 클라이맥스로 치달을수록 돋아나는 소름과 함께 솟구치는 눈물을 애써 추스르며 두 시간가량의 영화를 마무리한 후, 이른 아침부터 시작된 여러 일정 중의 공백을 일부러 보는 영화로까지 채워 가며 도착한 이 날의 마지막 저녁 일정의 도착지는 서대문구청에서 진행하는 주민인권학교.

현직 인권강사이긴 하지만 늘 배움의 자세로, 강의를 하는 것뿐 아니라 어디선가 인권강의가 열린다고 하면 우선적으로 가 보려는 짝꿍 강사와의 의기투합의 결과물인 것이다.

'인권과 비밀의 방'이라는 주제로 시작된 이 날의 강의. 저녁 7시라는 시간대와 더불어 조곤조곤한 강사님의 말투에도 불구하고 강의가 진행되는 두 시간 동안 지루함은커녕 내용이 깊어질수록 가슴 속 한편에 뭉클한 무언가가 반복적으로 올라왔던 것은, 우연찮게도 강의의 내용 전반이 앞서 본 영화와 일맥상통하는 면이 있어서였을까? 처음 인권을 공부하던 때부터 지금 이 순간까지. 벌써 몇 사람에게, 몇 번씩이나 들었던 말이지만,

세계인권선언문 1조.
"모든 사람은 존엄성과 권리를 가지고 동등하게 태어났다. 인간은 이성과 양심을 부여받았으며 서로에게 동료애를 가지고 행동해야 한다."

대한민국 헌법 10조.
"모든 국민은 인간으로서의 존엄과 가치를 가지며, 행복을 추구할 권리를 가진다. 국가는 개인이 가지는 불가침의 기본적 인권을

확인하고 이를 보장할 의무를 진다."

조곤조곤한 강사님의 목소리를 통해 읊어지는 단어와 문장들이 권리의 주체자는 국민, 의무의 이행자는 국가라는 말로 바뀌어 더욱 꼭꼭 씹어져 마음에 들어온다.

나치 시대의 고위공직자였던 아돌프 아이히만. 전범자로 체포되었을 때 그는 당당했다고 한다. 자신은 국가와 정부가 시키는 대로 최선을 다해 국민의 세금을 아끼기 위해서 일했을 뿐이며, 직접적으로 누군가를 처형하거나 구속한 적이 없다고 말이다.

하지만 그런 그에게 정치철학자 한나 아렌트는 '생각하지 않고 말하지 않은 것'이 유죄라고 주장한다. '생각하지 않고 말하지 않는 것'은 곧 '행동의 무능을 낳기 때문'이라는 이유에서이다.

이런 두 사람의 말을 우리나라의 현실, 현 상황적 여러 제도들에 비추어 보니 가장 먼저 떠올랐던 것은 바로 긴급 생계비 지원이었다. 몇 달 전까지만 해도 정부의 긴급 생계비 지원 제도는 최소의 기본권 생활을 하고 있는 국민들이 더 이상의 기본권에서 떨어지지 않도록 지켜 주는 제도인 줄 알고 있었던 나.

하지만 월세 단칸방의 임차 보증금 몇백만 원 때문에, 통장에 있는 단 몇백만 원의 비자금 때문에 지원 대상이 되지 못해 질병의 고통 앞에서 병원조차 포기한 채 살아가는 주변인들의 모습을 보며 다시 한번 생각한다. 만들어진 제도나 매뉴얼 가운데, 더욱 제대로, 더욱 깊이 생각할 힘과 말할 힘, 행동할 힘을 갖추고 주어진 일에 임할 수 있는 공직자들과 국민들이 많아지기를 말이다.

"한 국가의 인권 수준은 어떤 평균적인 중심이 아닌 가장 약한 곳에서 표본을 추출한다."라는 이 날의 강연 작가의 말에 전적으로 깊이 동감하며 말이다.